獨坐礪山
(독좌여산)

강만수 시집

2011년 • 사진 _ 강북제

| 自序 |

    자신의 본마음을 확대해 나가면 萬彙群象이 모두 마음속에 들어올 수 있다고 한다.

    사람의 마음이 얼마나 넓고 큰 것이기에 마음 안에 만물을 담을 수 있다고 하는 걸까

    마음에 대해 생각해 봤다 그러나 마음은 무엇일까 도대체 잡히지 않는 것이 마음인가

    몸을 중심으로 삼아 사유를 만물로 확장해 나가게 되면 모두가 마음속에 든다고 한다

    그러나 그런 사실이 제대로 인지되지 않아 대개 자신의 마음을 모른다고 한다.

    그런 연유로 망상과 허상에 시달린다고 한다. 그럼 원래부터 밝고 영험한 건 무엇일까

    이런 의문점에 관해 답을 구하기 위해 애썼다 앞으로도 계속해서 參究해 나갈 것이다

    마음과 물질이 결합 돼 일으키는 수행의 동력이 무엇인지에 대한 融會貫通이 올 때까지.

2013년 9월
여산제에서
강만수

컷_손재수

차례

大悟의 길을 걷는 시인의 눈

코끼리처럼 큰 걸음으로 강을 건널 수는 없을까

定心

벽에다 마음을 못으로 박아
심기를 고정 시킬 순 없는 걸까

마음 머무름(住)이란
무엇이며

그침은(止) 또한 무엇인지

코끼리처럼 큰 걸음으로
강을 건널 수는 없을까

지금이라도 망설이지 말고
과감히 건너야 한다

나 자신의 생각과 감정을 흔연히 잘라낸 뒤
깊고도 넓은 지혜의 문에

고요히 들기 위해

金剛經

　한 부처 두 부처 세 부처 네 부처 다섯 부처에 선의 뿌
리를 심은 것이 아닌
　수를 헤아릴 수도 없이 많은 부처에게 그 뿌리를 내려
이 句節을 듣거나
　한 생각만으로도 깨끗한 마음이 생긴

　잠을 자면서도 밤낮으로 눈을 뜨고 있는 木魚가 푸른
빛 레이저 광선을 쏘고 있다
　강렬한 파란 빛에선 如是我聞이 뒷산 무심바위에선 當
爲汝說이 급작스럽게 나왔고
　당위여설에선 無上大道가

　무심한 마음은 무엇이며 상에 머물고 있는 무심한 마
음이 아닌 건 무엇인지
　숲에서 몸을 뒤척이는 갠지스 강 모래알 수만큼이나
많은 나무들이 반복해서
　相과 形을 갖지 말라고 수없이 말을 한다

　오백 생 전에도 그랬으며 그 전에도 역시 행자는 수행
에 전념했건만 깨닫지 못한
　너는 누구이며 예 앉아있는 나는 누구이며 너와 나를
찾아온 그는 누구인지

일분일초가 일만 년인 것처럼 느껴지고 그렇지 않을
때는 순간 지나가버리는
　괴로움과 즐거운 시간에 대해

　갑자기 출현했다 사라지고 또다시 나타나는 좋지 않은
마음인 죽지 않는 偸心으로 인해
　마음을 잘 살펴 보듬어야 한다
　호흡 한 번에도 팔만사천의 번뇌가 있다고 하니 삶은
항상 念의 경계에 들어 있음을
　왜 그대는 모르는 건가

　옳게 읽어야 한다
　읽는다는 행위 그 자체도 相에 집착하는 걸까

瞬間經

억만년을 굶주린 창자에서 배가 고프다며
밥을 넣어 달라고 해도

차가운 마루에서 춥다고 온기를 원한다 해도

따뜻함을 원하는 마음과 배고픔을 덜길 바라는
그러한 마음조차도 지울 수 있는 굳건한 간절함으로

그래 그렇게 한결같은 마음으로
길을 걸어 나가자

배고픔과 추위는 계속해서 다가서는 법 흔들림 없이

허기를 털어내고 추위도 밀어내며 길을 가도록 하자
순간에 충실하자 매순간을 알차게 살면서

반드시 짧은 시간에서 배워야 한다
매 초 매 분 흔들림 없는 전순간을 영겁이 되도록 쌓자

그런데 가능할까

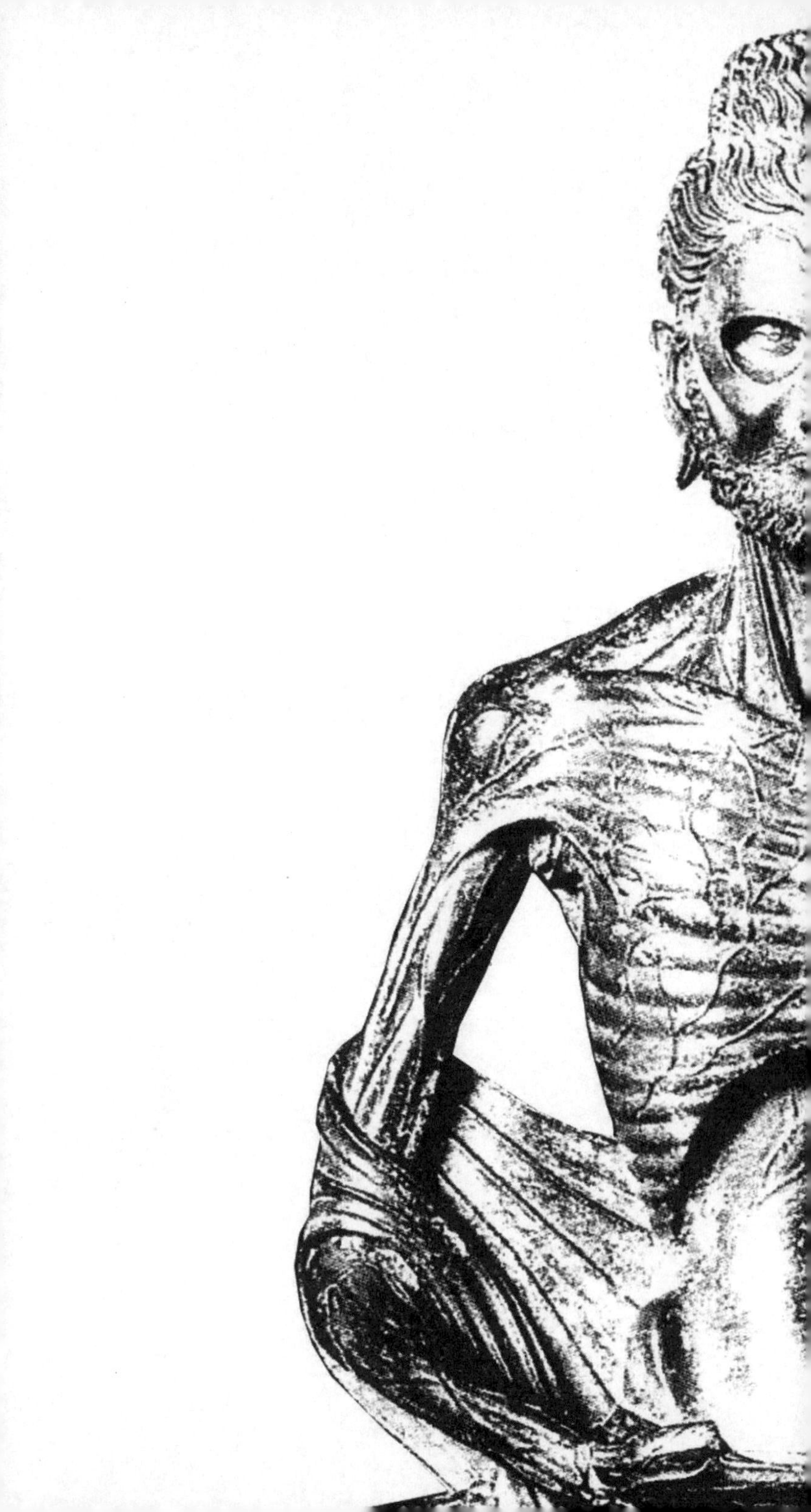

華嚴經

부정하며
스스로 세우기도 하는

그것이 바로 화엄의 경계다

어떤 그릇이 더 크며
어느 그릇이

더 작다고 말할 것인가

화엄의 경지에 도달한 자
모든 것을 포용하나니

妙法蓮華經

꽃을 좇다
물결나비 날갯짓 닮은 나무를 그리다

오백 그루 아니
오만오천 그루 나무들이

동시에 읊조리는 여래의 팔만사천 게송인가

수천수만 그루 꽃나무 마음에
꽃잎 혼을 깨운 팔랑이는 나비 불러

애물결나비가 휘몰아온 꽃잎에게 물었다

느린 봄볕 더딘 걸음에 걸려 쓰러진 백동목
그 나무의 등걸을 일으켜 세운

꽃잎들 마음 무게
마음은 모든 것의 근본이며 주인이다

涅槃經

오월에 봤다
제 몸을 태워 열반에 든

희디 흰 꽃잎
햇살이 미어뜨린 뒤

드러난 진리의 길

땅 위에 쌓인
저 수많은 목련 꽃잎들은

제 몸을 태워
깨달음의 새로운 장을 연다

무엇을 위한 방편인진 알고 있는 걸까

面壁經

방 안에 틀어 박혀
밤과 낮을 잊고
벽을 향해 귀를 막고 눈을 가린 뒤

눈에 보이는 것들을
보려 하지 않고
귀에 들리는 소리를 들으려 하지 않고

함부로 보지 않았다
펄펄 날리는 눈송이
듣지 않았다 저 빗소리까지도

문을 닫고 앉아 보려고 한
광명세계 열릴 때까지

벽 앞에 앉으면
열릴 세상을 위해

心經

콩은 콩이라고 말하고
공은 공이라고 말하자
낮은 낮이라고 말하고 낮은 낮이라고 말하자

물은 물이라고 말하고
문은 문이라고 말하자
그렇게 말하자 먼저 말하자

진실은 진실이고
거짓은 거짓이라고 말하자

그 누구보다도 먼저
나 자신을 속이지 말자

곰을 뒤집으면 문인 것을

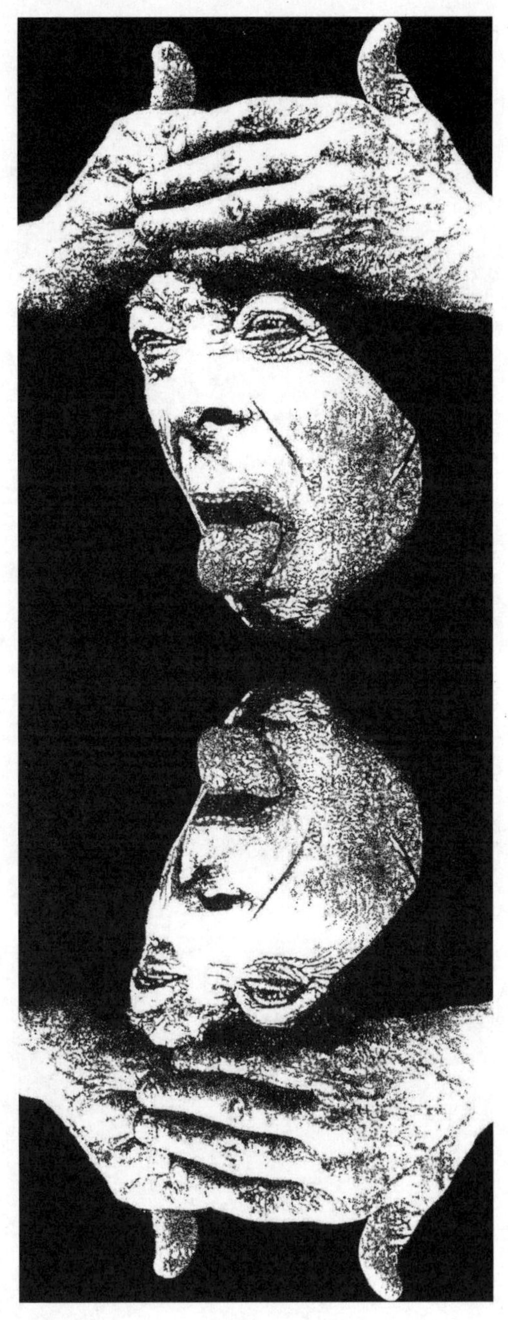

日常經

참지 말아야 할 것과 참아야 할
듣지 말아야 할 것과 들어야 될

쉬어야 할 것과 쉬지 말아야 할
침묵해야 할 것과 하지 말아야 될

먹어야 할 것과 먹지 말아야 할
섞여야 할 것과 섞이지 말아야 될

그래 그런 잡다한 것들이 있다 일상엔
그런 것들은 아름답고 성스럽기까지 하다

그 모든 것을 받아들이기 위해서
나 자신을 텅 비워야 한다

그것들이 내 안에서 마구 뛰놀다
제풀에 지쳐 쓰러질 때까지

風經

늙은 나무에도 꽃이 핀 걸까
염원이 지극하면

상식을 초월해
말라비틀어진 나무에도 꽃이 핀다더니

대웅전에서 확철대오한
枯木生花를 만났다

바람에 풍경 소리 요란한
봄날이었다

圓覺經

그가 품은 의문점은
길을 가게 되면 누구든지

어느 순간 그 자리에 서게 된다는 사실

물음에 답을 주실 스승은
남이 아닌 자신이 스스로 찾아내 가는 것

그는 지금 빠르게 방편을 찾은 것 같다

비우고 또 비워서 한 생각도 남아 있지 않아
번뇌를 곧 모두 다 태우게 될

내 짧은 수행으로 단언을 내릴 수는 없지만
그에겐 길이 보인다

食經

하루에 꼭 세 번은
시간 맞춰 밥그릇을 씻었다

하루에 세 번 밥을 먹고
식기를 씻는데

마음에 낀 더러움은
닦아내려 하는 걸까

내가 나를 닦으려는
의지는 어디에

밥을 먹고 그릇만 훌닦다보니
그 마음은 잊었다고

彼岸經

제 팔과 다리를 뜯어 당길 때 울리는
칠현금처럼

오동나무 아래에서 시간을 당기며
그는 기다렸다

시간이 지나가길
손가락으로 밀었다 폈다

일곱 줄 칠현금 소리
오동나무 가지에 걸어놓고 그가 오기를

그는 세상 밖에서 기다린다
그와 함께 또 다른 세상으로

손잡고 나가게 될 그날을

法句經

제자의 무례한 행동과
친구의 배신에도

화를 내지 않는 법을
나는 경에서 배웠다

어려운 상황에서
두려워하지 않는 법까지도

일체의 사실은
실체가 없나니

괴로움에서 벗어난
바로 그것이 청정의 길이다

鬱火經

화는 마음에서 온다고 했는데
마음을 끓는 냄비 속

펄펄 끓여

굳은 마음에서 오는 단단한 화
묽게 풀렸으니

식탁 위 올려놓고 화를 건져보자
젓가락으로 건져 올린 물컹해진 화

풀어진 마음으로

세상을 보자 성글게 짠 베 사이로
바람이 드나들듯 마음을 풀자

나 자신이 마음자리 주인이 되자

觀音經

허리가 직각으로 굽은 할머니

낭랑한 목소리에서 울려 퍼지는
관세음 으음 관세음보살 끝없이 관세음보살

부르고 또 부르시는
그 소리에 산허리가 들썩들썩

사대천왕 급히 나가 관세음보살을 애타게 찾고 계신
늙은 보살을 맞는다.

일주문 앞에서

2부

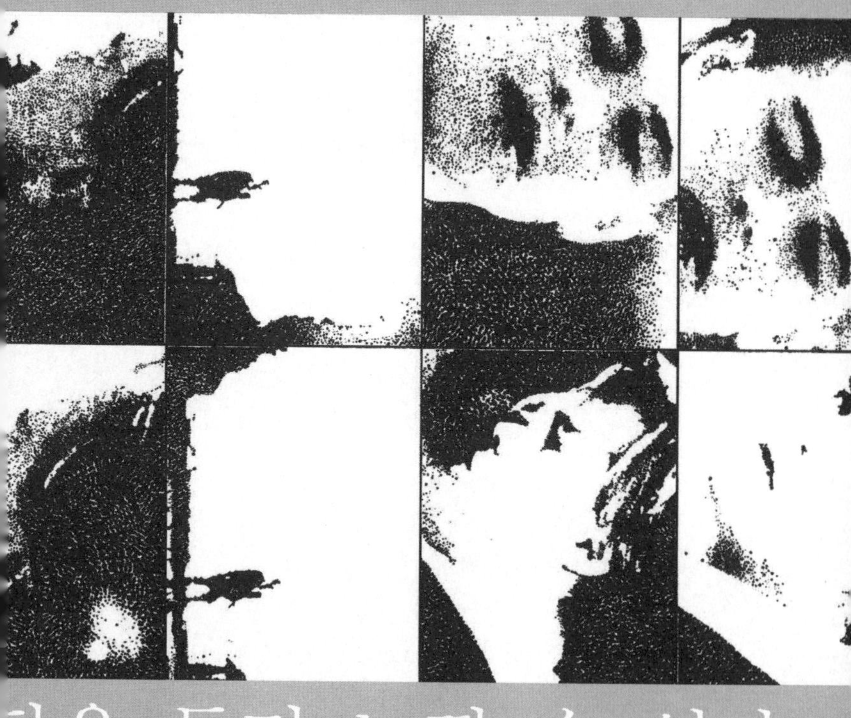

業

회전문에 갇혀 밖을 내다본다
문 안에서 빙빙 돌아가는 만휘군상을 향해

끝없이 도는 회전문 밖으로 나갈 수는 없을까
죄로 인한 업을 털고 윤회란 사슬을 끊어낸 뒤

새로운 세계로 걸음을 옮길 수는 없는 건가
이번 생에서 아님 다음 그 다음 생에서라도

다시 태어나지 않는 곳으로 갈 수는 없을까
문 밖으로 나가려다 오른쪽 발목이 끼었다

다음에 또 이 문에 들게 된다면
넓고 깊은 수행을 두루 끝낸 뒤 출구를 찾아내리라

고요한 곳에서 쉼 없이 돌고 있는 문
건다짐이 아닌 지성심으로 인해

이제 곧 그곳으로 나가는 문은
내 앞에서 스르륵 열릴 것이기에

塔

탑을 돈다 지극한 마음으로 탑을 바라보며
탑을 돌게 되면

내 안에 있는 사람
그 사랑을 마주하게 되는 탑이 보인다

산 아래 우뚝 선 탑이 아닌 내 안에 든

부처님 마음자락 넓고 깊게 펼쳐진
탑을 찾아

천 번이고 만 번이고
아내와 함께 탑을 돌고 싶다

탑을 돌면 느낄 수 있다 탑을 돌다보면 확연히 드러난
둘이 하나 된

부처를 향해 걷게 되는 마음
그것은 大圓鏡智다

龜龍寺

가분재기 다가왔지만 왠지 낯설지만은 않은
산사에서 풍경 소리를 들었다

재그랑 재그라랑 쟁 쟁 어두워지기 전
이제 산을 내려가야 하리라 언젠가 와 본 듯한

눈에 익은 것들을 뒤에 둔 채로
다시 찾게 될지 알 수 없는

이곳을 서둘러 내려가야만 한다
바람결 귀에 든 풍경 소리만을 가슴에 담고.

거북이처럼 느리게
용처럼 하늘을 날아

禪茶一味*

붉은 꽃 오래 피는 배롱나무를 지나
느린 듯 빠르게 발걸음을 재촉해

이제 막 인도에서 설산을 넘어온 달마를 만났다

그러다 혜화동 로터리 앞에서
우연히 임 처사를 만나 시를 읊조리다

그와 함께 차나 한 잔 나누기 위해
느리게 발걸음을 옮긴다

비단길 찻집을 향해

* 禪茶一味 : 차와 선은 하나의 맛이란 뜻.

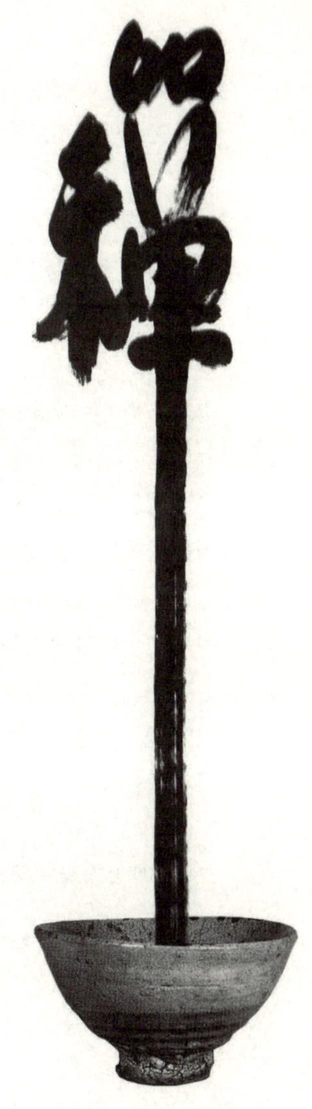

佛誕日

마당 한쪽에서 신묘하게 울려 퍼지는
옥음에 귀를 기울이니

절 마당에 꾸며 놓은 般若龍船

그 곳에서 경 읽는 소리 들린다
고해라 불리는 세상에서

온갖 시름들을 잊게 한 소리는
처음 들어본 지혜로 가득한 말씀

부처님 오신 날 예물을 올린 뒤

하나 둘 모여 앉아 낮게 읊조리며
삶과 죽음의 바다를 헤치고 갈 배에 올랐다

스님들과 보살님도 함께

如來

와 계신 건가요
오시지 않은 건가요

그 분께서는 이미 와 계십니다
당신 몸과 마음에 계십니다

스스로 깨달아 올려다 볼 수만 있다면
지금 그 자리에 계십니다.

이미 와 계신 것 같은 오지 않으신
곧 오실 것만 같은

바로 옆에 계시는 그 분

찾을 수 있는
눈만 뜨면 됩니다

空

홀연히 왔다
되돌아간

0을 닮은

어느 한곳에
머물 일 없는

몸이 흩어져
공이 되면

몸 보이지 않고
0도 보이지 않는

그 본체는

話頭

깨달음에 이를 수 있는 길이라면
부처라도 과감하게 베고 나가자

눈에 보이는 맹목적인 허상들
그래 저 앞에서 걸어오는

義湘과 元曉의 목이라도 베고 가자

無憂殿

오랜 시간 문 앞에서
먹지도 않고 자지도 않고

기다렸다 그가 문을 열고
나오기를

하염없이 기다린다

근심이 많은 사바세계를 지나
걱정이 없는 세계로

언젠가 그는 오게 될 것이다
올 것이다

放下着

떠나왔다고 생각했으나
그 자리에서 맴돌며

한 발자국도
앞으로 나서지 못한 채

제자리걸음인

걷고 또 걷는다고 하여도
끝없이 수행의 길을 가지 않는다면

실상을 체득할 수 없는 법
마음을 내려놓자

灰息遊心[*]

머물 수 없이
영원히 움직이는 마음처럼

생각이 쉼 없이 흐른다는 건
어렵지 않게 이해할 수 있지만

이어지는 다음 생각은
어디에서 오는 걸까

모든 망상이
끊어진 상태는 어떤 건지

어찌하면 구할 수 있는 걸까

[*] 灰息遊心 : 온 망상이 끊어진 상태를 말함.

一念

원만한 생각을 좇아

집착하지 않고
머물지 않는

본성이 맑고 깨끗한
길을 간다

청정함에 매달리는
그 일념까지도 내던진 뒤

가장 어려운 마음 평정을 위해

大身

내 바깥의 형체 없는 몸은

큰 몸(大身)이자
한량없는 몸(無邊身)이니

여든여덟 개 매듭이
한 덩이로 묶인 것과 같은

팔십팔결사 (八十八結使) 중

수행을 통해 그 중에서
몇 개라도 풀 수 있다고 하면

견혹(見惑)과 사혹(思惑)을 벗어나

불생불사의
법신을 증득할 수 있으리

이극(二極)*을 통해
그것이 무엇인지 여전히 알 수 없긴 하다

* 이극(二極) : 진정한 이치 즉 지혜의 깨달음이 궁극에 이름을 말함.

思惟

그는 이런 말을 하고는 했다
당신들이 정신을 놓고서 멍하게 앉아 있는

간극에도 시간은 흐르나니
秒 分 時로 이어지는 재화를 놓치지 마시기를

내 보화는 그런 寸刻에서 나온다
사유란 재물은 주어진 광음을 흘리지 않는 이에게 있다

그러므로 시간이란 부를 쥔 자는 귀하다
시간을 손에 쥔 이들은 각기 다른 갈래로 뻗어나간

생각들을 높고도 견고하게 쌓아올린 이
그런 까닭에 大悟한 이에겐 맑은 힘이 있다

그만 홀로 깨어 있는 걸까

發願

삼십년 동안 이 사찰 저 사찰 옮겨 다니며
사진을 찍었지만

대웅전에 앉아 계신 부처님 손가락은
사진에 담기가 어렵다

석가모니 눈빛이 아닌
손가락조차도 제대로 담아내지 못한

사진들을 살펴보다
누르면 누를수록 뭔가 부족한 셔터를 누르며

무얼까 이 허전함은
왜 그동안 제대로 보지 못하고 느끼지 못한 걸까

부처는 따로 존재하지 않고
그분의 加被는 온 세상에 두루 미치지 않은 곳이 없거늘

道伴

그가 처음 간 수행길이
지리산 어디쯤이라고 들었지만

그 장소가 어디인지
지금도 잘 모른다

그러나 그가 더듬어 간

그 길을 나는 좇아간다
그럴 수밖에 없다

우리 중에
그 길을 간 이

그 밖에 없으므로

善護念*

　매 일분일초마다 각기 다른 하나의 마음 둘의 마음 넷
의 맘이 지나간다
　다섯 시에서 여섯 시 일곱 시에서 여덟시 사이 끝임 없이

　하나의 地界에서 또 다른 열하나 열둘 열셋 열넷 열다
섯 열여섯 열일곱 열여덟
　이제 막 눈 앞에서 불이 켜지는 전기처럼 지나가는 마
음을 審察하고 있지만

　그 것들은 無心中間에 사라진다

　그리고 이어서 일곱 시 여덟 시 아홉 시에서 열 시 열둘
열세 시의 관념이 온다
　거친 물결을 타고

　그러므로 지나간 건 얻을 수 없고 앞으로 다가올 미래
思惟도 얻을 수 없으며
　현재도 그렇다

　우리 모두가 세상에 울음을 터뜨리기 전 胎 안에서 처
음 생각은 이미 죽었으며
　이어서 온 思念도 죽었다

미심결에 버려서 다시 되돌릴 수 없고 얼룩조차도 남
지 않은

삼십사 분 전에 든 精氣는 언제 지나갔는지 모르게 지
나가고
오십오 분 뒤에 온 心氣 그 것은 무한정 空의 상태에 머
물러 있는

一切萬有가 이 세상을 살아가는 행위

그것은 분장을 하고 기괴한 몸짓으로 연기를 하는 배
우다
무대 위에선 관객들에게 눈길을 끌기 위해 온갖 너스
레를 다 떨지만

본래 제 자리로 돌아오게 되면 적요의 시간을 갖게 되는

삶이란 봤다고 해서 본 것도 아니요 매우 밝다고 해서
밝은 것도 아니니
劫이 타 재가 되고 또다시 한 劫이 타 재가 된 뒤 새로
운 겁이 시작 되는

劫灰에 서 있다고 하더라도 약간의 빛만이 문 앞에 살짝 비칠 뿐이니

空을 말하다 有를 말하고 空도 아니고 有도 아니라 말하고 空이면서도 有라고 한

나 자신이 법상을(不生法相) 만들지 않는 본래 마음을 살펴 잘 지켜내야만 한다

---

* 善護念 : 마음이 고요하고 편안하여 생각을 잘 지킨다는 뜻.

放生

어항 속 작은 거북이들이
커가는 모습을 바라보며

강으로 내보낼 궁리만을 했다

커다란 어항이 작게 느껴질 무렵
거북이들을 강가에 풀었다

그런 뒤 남대문 시장에 나가
거북을 어항에 다시 사다 넣었다

방생을 위해 사월 초파일을 기다리며

그 거북이들이 우리 생태계를
마구 파괴 하는 건 모른 채

七長寺

그곳에서 겨울을 나겠다고 하는 걸까

자장율사에게 물었다
붉은 빛 가을을 마냥 숨겨주실 것인지

일곱 명 악인을 교화시켜
부처님 가르침으로 새사람을 만들듯이

요사채에 한동안 묵게 한 뒤
동안거에 들게 하실 참인지

종일토록 불렀으나 절마당에 들어선 뒤에야

칠현산 칠장사 대웅전 뒤 몸을 숨긴
가실볕을 흉중에 받아들일 수 있었다

念休息

허공에 담은 미련
물 위에 찍은 집착

눈 위에 새긴 인연
흐트러졌다

다 흘렀다
모두 녹아 내렸다

喝 그 한 마디에
뎅겅 끊었다

세상과 맺은
눈에 갈신거리던 인연들

喝

카아알 칼 갈아 가세요
칼이 아닌

후 숨을 내쉰 뒤 숫돌에 올려놓고
스윽 스스슥

喝 가는 늙은이

그 옆에 감탕발로 앉아
찌찌 찌찌 무엇인가 말 하려던

세 살 난 아이 그 눈빛으로

생각 그물에 걸려든
망념을 베었다

마음 칼날을 번뇌 숫돌에 갈아

不二

화 안 내는 얼굴엔 외로움이 없다
부드러운 말에는 슬픔도 없다

그것은 분리 돼 있지 않다
마음의 평화에서 온 까닭에

迷蝶

허위허위 허공을 향해 날아 오른
나비 좇아

하늘 길 따라 오른

그곳에 道가 있긴 있는 걸까
텅 빈 공중에 난 길을 찾아 둘레거리던

멧팔랑나비 날갯짓 따라
한없이 날아오르고 싶은

봄이다

길 잃은 나비에게
길은 어디에 있는 걸까

自悟自肯

샹그릴라 호텔이라고 말해도
히말라야 호텔이라고 말해도 옳지 않다

로비에 있다고 말해도
그 반대로 말해도 옳지 않고

샹그릴라 호텔이 아니라고 말하면 더 옳지 않고
샹그릴라 호텔이라고 말해도 여전히 옳지 않다

그러면 어찌해야 옳은 걸까
스스로 크게 깨달았다고 하는 분 말씀이 아닌

나의 것 여러분의 것일 때만 옳다
그런 연유로 일체 모든 것을 내던진 뒤

크게 죽어야만 한다 그런 뒤 나 자신을 속이지 말고
다시 되살아나야만 한다

입으로만 말하게 되면 지금은 깨달았다고 하지만
다음 날은 지속 되지 않으리

佛指 舍利

해가 뜬다 떠오르는 해 그 해를 바라보다
해가 진다

결가부좌로 지는 해를 응망하며

손가락이 가리키는 쪽
해가 뜨고 해가 지는 한 방향을

입술을 감물고 주시 한다
쉼 없이 응시하게 되면

부처님 살과 뼈로 이뤄진 말씀이 들린다

불지라고 부르면 보인다
둥근 해 뒤에 감춰진 손가락

그 끝을 숙시 하게 되면
모든 근심을 지우게 하는 법과 만날 수 있다

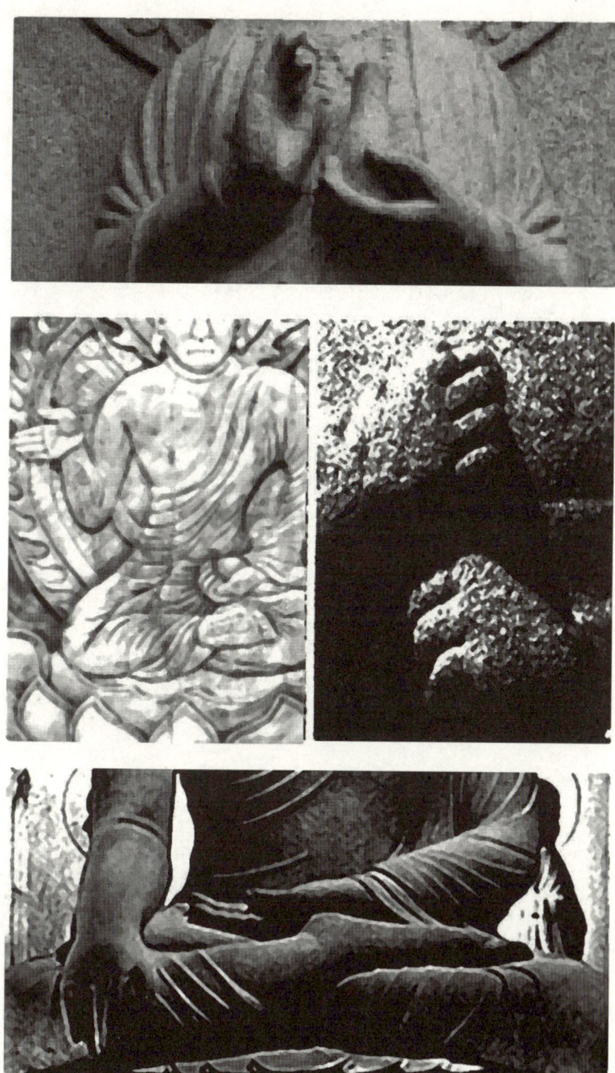

法臘

오래 전 새벽에
나는 길을 떠났다

끝없이 이어지는
삶의 의문에 답을 구하고자

무엇을 얻었는지는
여전히 잘 모르겠지만

오늘로 법랍 사십 년째
눈이 갠 하늘엔 별빛만 차갑다

參究

그 연못 연꽃 아래
법으로 닦은

향기 그윽한
꽃을 찾아간다

지금도 찾고 있다

왜 멀리서 찾으려고 하는가
온 우주가 꽃밭이거늘

以思無思

나는 무엇이며
나는 무엇이 아닌가란 의문에

그는 무엇이며

그는 무엇이 아닌가란
생각으로 인해

그와 나는 무엇을
무엇이 아닌

그 무엇을 찾아 헤맨 걸까
여태껏 찾지 못한 답에 대해

생각 없는 오묘함으로
생각 없는 생각에 이르기를

金喬覺*

밖으로부터 오는 게 아닌
자신의 깊은 마음속에서 우러난

생과 멸도 아닌 단과 상도 아닌 것에 대해
참구하다보면

그 곳엔 빛이 있다 그 자리에 있기만 해도
늘 맑고 투명하여 모든 사물을 있는 그대로 비추는

두 어깨와 정수리가 둥글고 단정한 모습으로
천년이 지나도록 변함이 없는

오랜 시간 고요히 앉아 바른 것을 크게 세운
어느 곳에서나

어떤 상황에서도 무궁한 지혜인 그를 구화산에서 만났다

* 金喬覺 : (697~794) 신라의 왕족으로 일찍이 불교에 귀의해 중국
　　　　　국민들로부터 지장보살로 추앙받고 있는 인물.

根本智[*]

잡으려 하지 마라
깨달음도 잡지 말고

황금이 가득 담긴 항아리라 하여도
뚜껑을 열지 말고

본래 있던 자리에 놔두라

왜 잡지 못해 열지 못해
손에 꽉 쥐지 못해 안달인가

바람에 마르고 햇볕에 녹아들기를
저 홀로 서 있게끔

마음을 잡는 이 세상을 다 잡을 수 있다

* 根本智 : 모든 사물이 지닌 있는 그대로의 진실한 모습을 밝게 아는
  지혜.

百日祈禱

어깨를 살짝 딛고 선
향냄새를 좇다

법당에서 백일기도 뒤
흰 고무신 신고

계단 아래로 내려오는
백발의 할머니

헬쑥한 그 얼굴 뒤로 뜬
낮달

백일이란 시간을 잊고 지냈다
시간과 공간을 이곳에서 찾아야만 한다

無字 話頭

아! 하고 담아낸 오랜 시간 애근히 빚어낸 話頭엔
둥글고도 당당한 빛이 보인다

길 위에서 도를 체득 부처님 닮은 얼굴로

형형한 눈빛이 돼 무량청정토 가리키기에
산 중턱에 걸린 이제 막 하늘로 솟구치려는

여의주를 입에 문 황용을 보고 말았다
하늘로 날아오른 용을 본 뒤에 말을 잃었네

지극함으로 열어 놓은 하늘 길 바라본 뒤에야
무슨 말이 필요할 것인가

아 그 한 마디에 無字 話頭 담아냈으나
지극히 높은 또 다른 깨침을 위해

서둘러서 집을 떠났던 그는 지금도 길 위에 있다

座脫入亡

팔남매 중 일곱이
먼저 죽고

막내도 곧
형제들 뒤를 따르려고 한다

인생은 그런 것
누구도 피할 수 없는

길을 그도 가게 됐다

선방에 앉은 자세로
출가 육십 년 만에 좌탈입망이라

頓悟에 대한 열망을 지우지 못한 채

精進

누군가 오고 있다
발자국 소리만 들려도

이젠 닫힌 마음
열어젖힐 수 있다

열린 마음이어야만
받아들일 수 있다

眞如를

得法偈

나도 없고
그도 없는 단계에 이르면

삼라만상이 하나다
그래 그 하나로

깨우침에 들어
사물을 바라보자

어둠이 오면
오는 대로

밝음이 오면 오는 대로

達磨圖

명국은 달마를 달마도 명국을 보지 못했다
그러나 그 둘은 서로 봤다고 할 수 있다

사람들은 어째서 김명국과 달마가
서로 會遇하지 못했다고 하는 걸까

그렇지 않다 둘은 시간을 건너 뛰어 만났다

붓을 쥔 그 손끝에서 되살아난
능하다고는 생각되지 않지만

능함을 뛰어 넘은 붓끝에서 보리달마를
명국은 화선지 위에서 부활시켜

시공을 뛰어넘어 만났다
술이라도 한 잔 나누려 함일까

蓮花

그냥 있는 모습
그대로 살자

탁한 것과
말을 섞지 말고

눈빛도 교환하지 말고

그저 생긴 그 모습
본성대로 살자

저 연못에 핀 연꽃처럼

竹篦

죽비에 맞지 않아도
맞은 느낌이 전해져 온다

맞지 않아도
그 소리를 들을 수 있는 건

무엇일까

죽비에 맞는 것과
맞지 않는 건

어떻게 다른 걸까

의문을 풀기 위해
정진해야만 한다

또다시 죽비를 맞으며

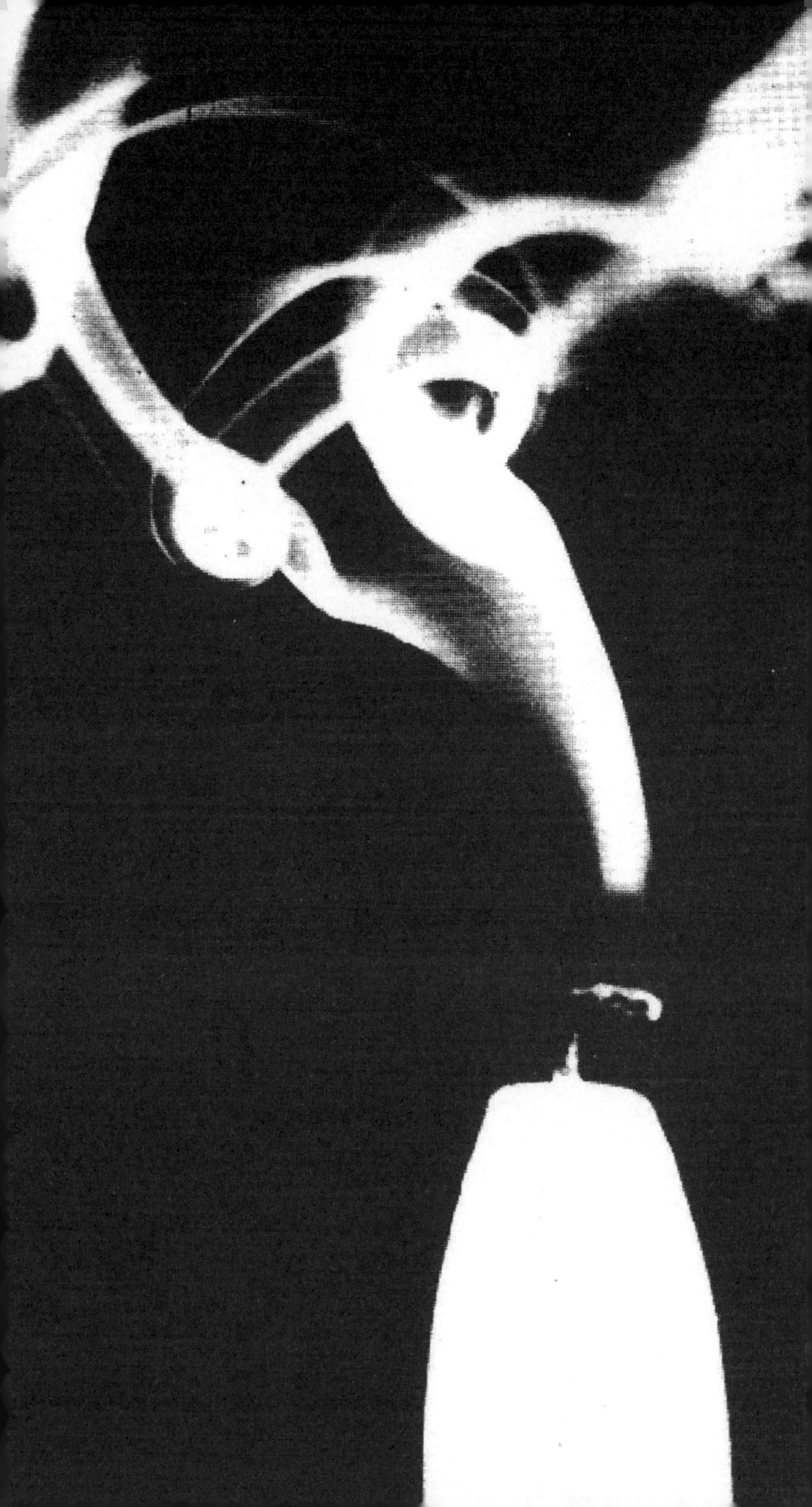

佛心草

물소리와
스님들 경 읽는 소리

아침저녁으로 묵묵히 듣고 계신
풀잎처럼

그렇게 귀를 열고
몸과 마음까지 계곡 물소리에 얹어

온몸에 새기자
풀잎이 말하는 소리를 들어보자

寺址

오래 전 사라져
전설만 남은

절터에 스님은 안 계신다

무심히 그곳을 돌아 나오다
오목눈이 우는 소리

그 새만 나를 반긴다

菩薩行

지갑을 보니
오천 원 밖에 없다

택시비를 달라고
불쑥 손을 내미는

티타늄 클러치에
몸을 의지하고 있는

생면부지의 여자에게
치빼지 않고 돈을 주었다

앞뒤 가리지 않고
전부를 준 까닭에

그날은 점심을 굶고
물만 한 컵 마셨다

菩提心

산에 올랐다 순간 발을 헛디뎌
찰나에

저승 문을 들여다 본
충격으로 인해

잠자리에 들게 되면
깊은 잠을 이룰 수 없다

貪 瞋 癡를 걷어내고
보리심을 구해야 한다

부러진 다리는
이미 다 나았지만

坐禪

얼마나 힘을 써야
저 물소리를

어느 정도 힘을 줘야
함월산 기림사를

얼마만큼 더 더
힘을 들여야만

푸른 푸르디
시퍼렇게 날이 선

저 폭포를 들어 올릴 수 있을까

破邪顯正[*]

적군이 아군을 향해 진격해 올 때

이 땅에 침입한 적을 물리치기 위해
과감하게 그들 앞으로 나아가

말을 타고 달려드는
적장을 향해 창을 힘껏 던지면

예리한 창날이 가슴을 뚫어
말 등에서 나가떨어진 적장은

새벽 그 찬란한 빛의 창에 퇴각한다

계곡물 돌돌돌 흐르는 바위에 앉아
깊은 명상에 들어 여명을 맞게 되면

어둠 속 병사들은 환영처럼 빠르게 물러난다

---

* 破邪顯正 : 바르지 못한 생각(邪見)이나 올바르지 않은 길을(邪道)
　　　　　 깨고 정도를 나타냄.

心外無法

고통과 슬픔 기쁨도 아닌
그냥 평온하고 안정된 상태는

무엇을 의미하는 걸까

너도 모르고 나도 모르는
無心이 道라고 한

그것은 무엇일까

살아선 도무지 느낄 수 없는
그 어떤 걸까

마음 밖에 법이 없다

金銅半跏思惟像

눈에 보이지만 얼굴에 드러난 미소는
분석을 피해간다

미소는 일순간 나타났다 이내 사라지므로

소리 없는 웃음은 가둬놓을 수도
손에 쥘 수도 없다

웃음은 수수께끼 아니 미로와도 같다
웃는 표정으로 인해 일순 그 마음이 드러났지만

고졸한 상호를 맞바라본 뒤
빙긋 웃는 일각을 표현해 낼 수가 없다

엷은 미소로 그는 스스로를 밝혔기에

다른 이들에게 자신을 증명할 필요는 없다
측량할 길이 없는 반가사유상의 미소

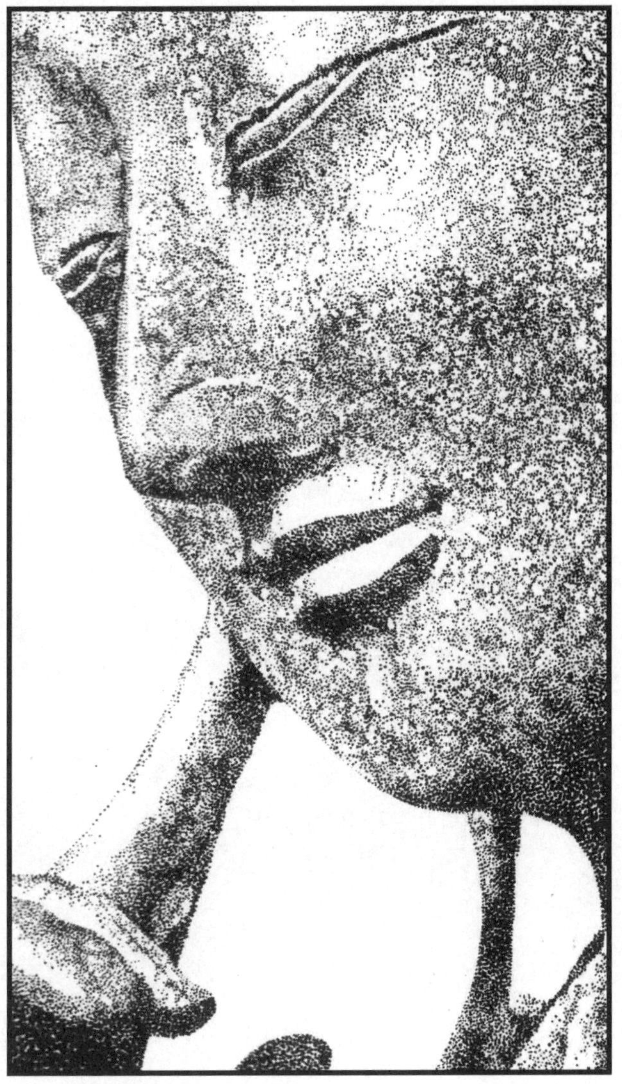

風幡問答

육조 혜능이

움직이는 건 바람도 깃발도 아닌
바로 우리들 마음이라고

光孝寺에서 스님들에게 말했다지만

漸悟도 못한
在家佛子 입장에선 답답한 일이다

오늘도 절마당에서 하늬바람을 만났다

저 바람은 혜능이 본
바람과는 어찌 다른 걸까

마음을 면밀히 들여다봐야만 한다

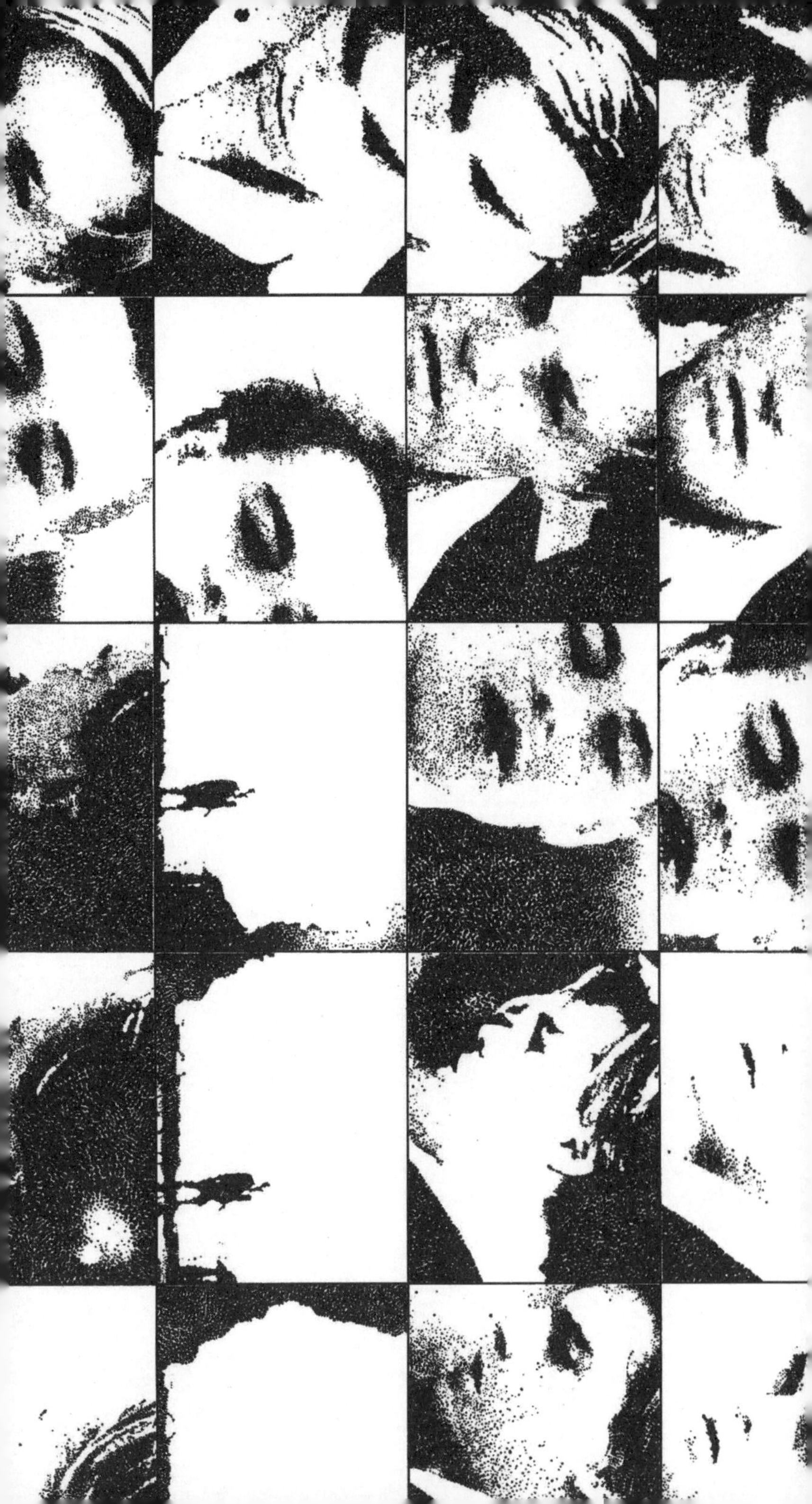

臨終偈

봄날 찬란한 볕 아래
마지막 호흡 가다듬어

빛기둥 발아래 깔고
한순간에 지고 싶다

요확에 발을 뻗어
몸을 던지는

저 꽃잎처럼

봄날 찬란한 볕 아래
마지막 호흡 가다듬어

禪心

믿지 마라 나의 말을
내가 말했기 때문에

안 된다 믿으면
맹목적인 믿음은 곤란하다

지금 바로 한
이 말도 따르지 마라

내 안에서 외치는
그 목소리를 좇아

길을 가도록 해라
오직 내 안에 든

그 음성에 의지해

生淨無穢[*]

이 얼굴을 보여주다가도
바로 다른 얼굴을 내보이기도 하는

연못가 수면 위에서
종내 감을 잡을 수 없는 얼굴로 인해

거울에 얼굴을 비쳤으나
거울도 좀체 답을 주지 못했다

그러다 식탁 위 올려놓은 밥그릇과 숟가락에 비친
민낯을 봤다

욕심이 가득할 땐 보이지 않는
마음을 비운 뒤에야 볼 수 있었던

청정하여 더러움이 없는 얼굴이었다

[*] 生淨無穢 : 청청하여 더러움이 없다는 뜻.

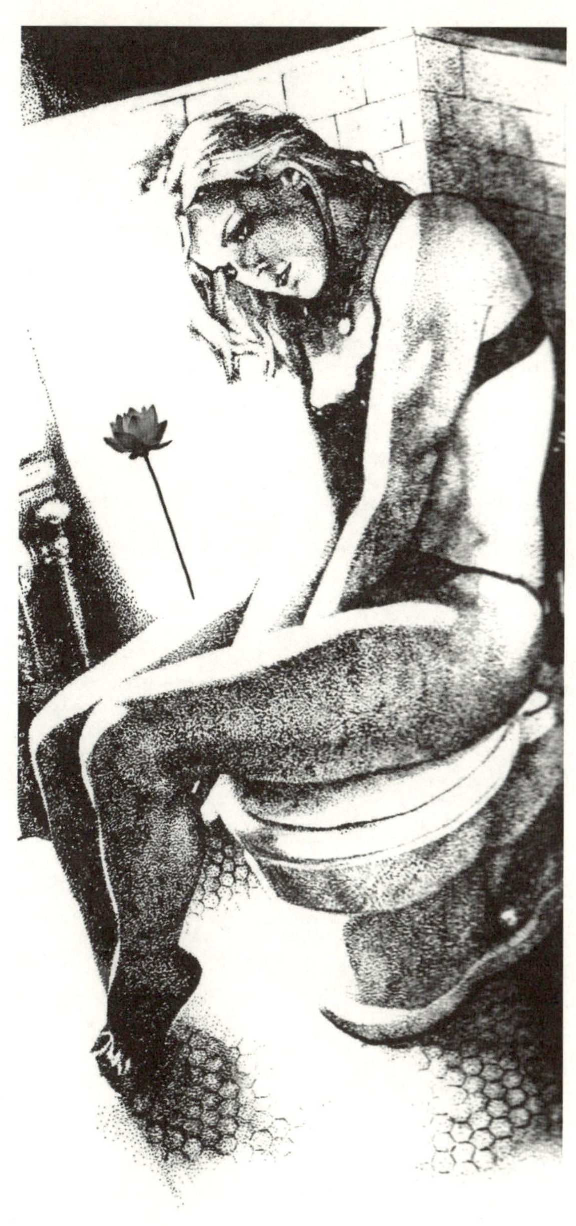

鐵船水上浮

무쇠로 만든 배를 타고
하늘 바다로 나아가

허공을 날아다니는
새를 잡고

은빛비늘을 번득이는
한 마리 둘 셋 넷

낳고 죽음에 걸림이 없는
별 하늘을 헤치고 물고기를 잡았다

不立文字

돌을 들어 지극한 염원으로
돌 위에 올리면

그것은 불심이다

작은 돌들로 이룬 성심소도에
깊은 시름 내려놓고 갈 수 있게끔

눈과 귀 열어 열린 마음으로 이어진
수많은 돌 앞에서

합장을 올리면 그것은 탑이다
온갖 생령의 이름으로

질기굳게 쌓아올린 돌탑

3부

지나치면 곤란
하니 가운데에서
바로보자
일방으로 기울면

中庸

약해진다 딱딱해진다 아첨이 된다
거짓말을 하게 된다

손해를 본다

仁 義 禮 智 信 한쪽으로 기울지 말자
어느 한편으로 기울면

다시 중앙으로 되돌려놓고

지나치면 곤란하니 가운데에서 바로보자
일방으로 기울면

大局이 보이지 않는다

넘치는 건 미치치 못함과 같으니
한 방향으로 치우치지 말고

중심에 서도록 하자
그런데 어디가 중심이냐

三千甲子 礪山 先生

고향인 백두산 자락 아래 죽고 싶지 않아서
건강하게 살아 계신 어머니와 아버지

늙고 싶지 않아 이만 년을 살면서도 전혀 늙지 않은

자식을 보기 위해 이사도 하지 않고
한곳에서 오랜 시간을 기다리신 두 분을 찾아뵙기 위해

스모그로 가득한 도심을 빠져 나와
산길과 들길을 이십 대 청년 같은 얼굴로 길을 나섰다

할머니 할아버지께 인사를 올린 게 언제인지 너무 오
래 됐다는
　십대 같은 손자 둘을 앞세우고 오백 년 만에 찾아가는
고향 길

　바쁘게 도시에서 살다 보니 죽는 것도 잊고 일만 년을
살았구나.

老子

내게 큰 걱정이 있다면
몸뚱이가 있다는 사실이다

만약 몸이 없었다면
혀와 좆도 없었을 터

좆뿌리와 혀뿌리가 없었다면

죄업의 씨를 뿌려
우환을 만들지 않았을 걸

과거나 현재나 큰 근심거리는
육신이다

죽을 때도 죽지 않고 살아 있을 때

젊었을 때나 늙어 병들었을 때도
육체가 있음은 그 자체가 고통이다

다행히 그 뿌리가 시들긴 한다

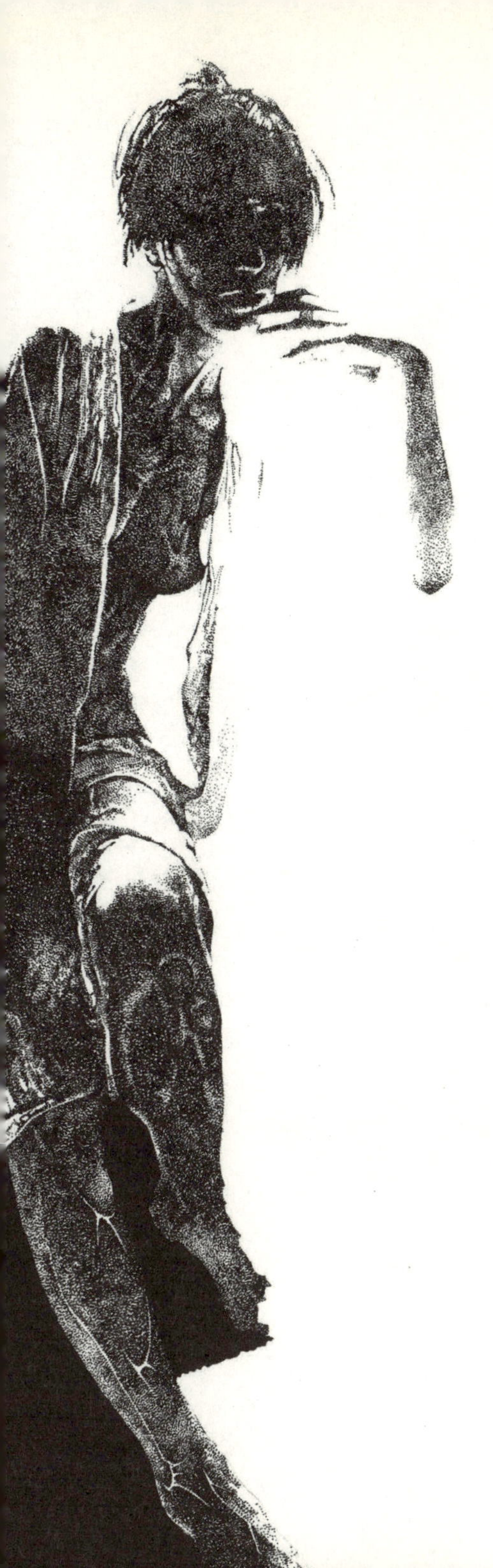

一字 一劃

居之中天에 퍼덕일
매의 날갯짓을 위해

붓 끝에 먹 찍어
일획을 그었으나

먹물이 스미지 않아
描出할 수가 없네

진한 먹물을 꿀꺽 삼킨
허공은

시치미를 뚝 떼는 걸까
흔적을 남기지 않았다

李夫子

산이 내 안으로 들어온 걸까

나 자신이
산으로 들어간 걸까

꿈에 문인인장박물관 앞에서
형님을 만나

덕숭산을 함께 올랐는데

그는 꿈을 꾼 일이
없다고 하니

삶에 드러난 모든 건
거울 속 형상과 같은 걸까

宋萬甲

천은사 계곡 물에 발 담근 채 버들치 잡던
노인이 춘향가를 불렀다

그가 노래를 부르니 꽃구경 나와 계곡 정자에
주안상 차려 놓고 술 마시는 선비들도 귀를 세우고

그 소리에 험한 고개 넘으려는 한 무리 보부상과
장을 보러 나온 동네 아낙네

동쪽 산과 남쪽 산 우뚝 솟은 봉우리도
성큼성큼 노인 앞으로 다가가

고음이 매력적인 철성으로 뽑아내는
춘향가 소리에 넙죽 엎드려 답하니

모두 다 불러 모은 노인네 소리가 천하제일이로다.

釣士

푸르다 푸르른 하늘 강에
배를 띄운 사공이여

지그덩지그덩 푸른 하늘 저어

강기슭에 배를 대 주시게
그 배에 벗과 함께 올라

낚싯대 던져 놓고
가물치라도 몇 마리 건져 올려 볼까나

그도 저도 아니라면 흐르는 물줄기에
그저 발이라도 담근 채

강심에서 혜성이라도 낚을까

龍虎山水

달이 푸르게 뜨는 깊은 밤이 되면

여계하 푸른 쪽물로 술을 빚어 단숨에 들이켠다는
물 위를 걸어오실 신선들과

애동장으로 모신 동네 어르신 조상님도 절벽에서 모셔
온 뒤
그들과 밤새도록 옥 술잔을 나눈다면

영원한 삶이란 이런 걸까 주파라 불리는 뗏목에 올라
용호산수를 내려가다 본

대나무 삿대로 강바닥을 미는 사공의 눈동자 속 영생
을 봤다
그들은 신선이 머문다는

용호산 절벽에 영원토록 산다는 믿음 아래

춘추전국 시대부터 마을의 어른을 모셨다고 한다
강을 내려오다 깎은 절벽 틈에 모신

오래 전 죽고 싶어 한

그러나 여태껏 윤회를 끝내지 못한

그들을 만났다

得音

소리가 왔다 솥단지 속 끓는 물소리에서
소리를 봤다

五音音階를 느꼈지만

이 소리도 아니고 저 소리도 아닌
그곳에 소리는 없었다.

창(唱)은 그렇게 오는 것이 아니다
창이라고 하는 건

삶에서 왕창 깨진 뒤 그 유리조각들을
맨발바닥으로 디딜 수 있을 때

비명과 같은 고통처럼 잠깐 왔다 간다

그러나 언제 다시 되돌아올지는
그 누구도 모른다

신재효와 이화중선도 몰랐다고 한다

迷盡

마음을 물에 비유하게 되면

맑고 깨끗한 건
마음의 본령이라고 한

오늘 그와 나눈 대화를 되새기며
나는 그가 묻는 그가 풀지 못한

미혹을 다해야 볼 수 있는
진리에 대해

함께 고민했다

나도 잘 모르는 깊이에까지
그는 이미 들어선 걸까

畫師

서로 마주보고 선
암수 한 쌍의 학

화선지에 먼저 그린 뒤
소나무를 그렸다

노송을 뒤에 두고 서 있는
두 마리 학 그림은 꿈에 본 모습이다

정겹게 부리를 대고
눈빛을 주고받는

학은 잠에서까지도
나를 흔들어 붓을 들게 했다

入山

산에서 산줄기를 타고
굼깊은 산으로 들어간

그는 바깥에 눈길을 주지 않고
세상을 끊었다

바람소리와 물소리 사운대는
산중턱에 흙집을 짓고

새소리와 짐승들 발자국 소리
그것들과 어우러져

그는 숲에서 생을 보내려고 한다
暇滿之身*을 얻기 위해

* 暇滿之身 : 건강한 몸과 한가한 시간.

獨釣

발아래 꿇어앉은 강을 바라보며
낚싯대 드리우니

물고기 입질 한 번 하지 않는
맑은 거울을 닮은 저 강에

그동안 지은 업을 씻고 싶다
오십여 년 탁한 삶

愼獨

動容周旋이 거울처럼 안색에 드러나
그 낯빛으로 인해

스스로는 제 얼굴을 바라보지 못해도
주변인들은 그 속심을 안다

다른 사람들이 보거나 보지 않거나
부끄러움을 알고 행동하는 사람

이 시대에 그런 이는 어디에 있는 걸까
일상생활 속 예를 실천하는 사람을 무작정 찾았다

예를 갖춰 행하는 이 없는 곳에서
예를 찾았다

崔致遠

최치원이 산에서 사라지기 전 계곡 바위에 앉아
발을 씻는 모습을 나무꾼이 봤다고 한다

물가에 앉아 시를 읊조리는
그의 머리 위로 수천수만 마리 나비들 팔랑일 때

긴꼬리제비나비 등에 올라 탄 그는 가볍게 날아올랐다고
하늘로 오르게 되기까지

얼마나 많은 도력을 그가 쌓았는지는 알 길이 없지만
그곳에 신발을 벗어 놓은 뒤

가야산에서 먼 길을 떠나고 말았다
다른 이들은 孤雲이 산에서 신선이 됐다고도 말하지만

그 것은 알 수 없는 일 아무튼 그는 사라졌다고
그를 모르는 이들은 쉽게 말한다

정말 부럽다

鎭樵

진한 먹 향이 코를 찌르는 듯한

重光이 그린
두 마리 학 그림을 벽에서 떼어내

이 선생에게 건네주던
그를 바라보다

부끄러움을 느꼈다

자신의 것을 아끼지 않고 내주며
활짝 웃던 형을 보면

우뚝 선 느티나무로

어느 순간 우리들 가슴속에 들어 온
그래 그는 깊고도 서늘한 그늘이 돼

恒心 으로 서 있다

礪山 詩眼

딩
디잉 딩

딩
디잉 딩

딩

댓돌 밟고 올라선
큰스님 발자국 소리

三角山行

심기를 헤아리게 되면
십이만 팔천 송이 꽃들이 무진장 피어 있고

그 속에는 십만 팔천 그루 落落長松과

세 개의 봉우리로 우뚝 솟은
바위도 늠연히 서 있다

물론 계곡엔 맑고 푸른 물이 쉬지 않고 흐르나니
見見之時* 라고 해야 할까

* 見見之時 : 스스로 돌이켜 도를 보는 견, 즉 명심견성의 견을 일컬음.

夏日卽事

우듬지 위에서 웬 새가 우는 걸까
交交 交 交交 交 交交

무슨 이유로

길 가는 사내가
문 앞에다 오줌이라도 갈긴 걸까

새가 우는 건지 지지배 지지배배
옆집 계집아이가 웃는 건지

是非를 가리기 위해
창을 열고 밖을 내다봤으나

양철 지붕 위 투드득 점을 찍는 소리
천 개의 물방울인지 만 개의 물방울인지

가늠할 수가 없다

寄梓城

눈이 내린다
소로 롱 눈발은 바이올린을 켜대는 걸까

눈은 내리면서 고운 음표를
지상 위에 마구 뿌리는 건가

하늘 먼 곳에서
수천수만 마리 나비가 날고 있다

저기 저 눈은 그윽한 그의 눈매를 닮은 걸까
心安理得*에 대해 생각했다

---

* 心安理得 : 마음이 안정 되어 이치를 얻는다.

崔北

화폭 속 상서로운 봉황과 오동나무는
그 속에서 이내 튀어나와

큰절을 올릴 자세인 것처럼 보인다

가볍게 붓끝을 그리다 손목에 힘을 주어
붓을 휘두르면

오동나무 위 앉은 암수 봉황 두 마리
날개를 펼친 채 구만리장천을 날아오를 기세다

그는 붓을 들고 봉황과 오동나무에 숨결을 불어 넣었다
가벼운 붓놀림에

주변 모든 이들은 제압을 당한다
화폭 속 향기로운 꽃과 다른 새들까지도

眞墨

청계 산방이라 걸어 놓은 현판 앞에서
짝퉁은 어쩔 수 없다

따로 노는 듯 정신이 산만하게 느껴지는
저런 글씨도

서예라고 할 수 있는 걸까
한참을 바라보게 되면 저절로 마음이 맑아지는

부드러움에 율동미 넘치며
금강석처럼 강하고 맑은 먹의 움직임이

매우 곧고 획과 획 상하 좌우가
조화롭게 어우러져 아름답게 살아 움직이는

그런 글씨는 없는 걸까
위작을 떼어낸 뒤 진작을 걸게 하자

구할 수만 있다면

草堂

향긋한 술 한 잔에 취흥이 일어
옛 친구를 찾아갔다

술이 깨
흥이 이미 다 하여

문 앞에서 돌아섰네
오래 전 그와 함께 마셨던

주연의 기억이 술과 함께 다 했으니
그를 다시 만나는 건 부질없기에

靑江

생각과 시간을
저울 위에 올려놓고

한쪽이 내려앉아야
다른 한쪽이 드러나는

의식 깊은 곳에 잠긴
생각 무게를 재 볼 수 있는

천칭이 있다면

그와 함께한
과거와 현재를 가늠해 보고 싶다

또한 미래 생각 무게도

그것들에 대해 골똘히 생각하다
淡如水를 떠올렸다

繪事後素

안에서 날카롭게 송곳을 갈아
껍질을 깨고 나와야만

작품을 얻을 수가 있다
그런 연후에는 희로애락을 담아내

여백의 미가 보이는 창작물을 남길 수 있다
왜 그들은 빼어난 예술품 앞에 선 고통을

자신 안에서 삭여내지 못한 채
뭔가 부족하다고 불평만 하는 걸까

주변에서 맴돌기는 이제 그만
안에서 삭인 뒤 치고 나오자

기본기에 충실해야만 한다

周易

손가락으로 乾兌離震 巽坎艮坤을 꼽아보다

큰곰자리 작은곰자리 기린자리 먼 하늘 점으로
찍힌
구례 화계 시장 앞과 수원 남문 시장 아래로 떨
어진

별자리 운세를 받고 태어난 兒孩들을 불러 모으
려니

세월은 빠르기도 하다 몰라보게 성장했을 그들
을 만나게 되면
긴 포옹을 나눈 뒤

큰곰자리는 큰곰자리 역할 작은곰자리와
키 큰 기린자리에게도 녀석들에게 맡겨진 소임을

년주 월주 일주 시주에 적어 놓은 사주를 말 하
리라
그러나 지금 그들은 찾을 수 없다
뿔뿔이 흩어져 어디에 있는지 알 수 없는

청년들에 대해 끝까지 관심을 기울이지 못한 나
자신을 자책했다

그러나 마음 쓸 일이 아니다
핵심은 位에 있나니 정당한 위치에 있다면 만사
가 吉할 것이기에

夏童

꽃나무 가지에
겉옷을 걸어놓고

벗과 함께
술을 마시면

봄날은
왜 이리도 짧은 걸까

그와 함께 하면
시간을 느낄 수 없다

交臂非故라고 하더니

洗吾耳

대야 가득 물 받아 놓고
내 발을 닦아 주시려는 이

발을 닦기 전

여기저기서 얻어 들은
더러움이 가득한 욕이 든 귀

맑은 그 물로
귀를 먼저 씻어 줄 수는 없는지

들을 수 없다며 참지 못한 채 튕겨져 나오려는
하나로는 모자라

두 개 귀로 얻어 들은 욕이 들어찬 귀

발을 닦아 주시려는 이여
발보다는 내 두 귀를 먼저 씻어 주시기를

朴處士

노란 빛을 띤 붉은 색 하늘나리와
이글거리는 태양

꽃을 사랑한 지극한 마음 외엔

그 어떤 것도
가슴에 품으려고 하지 않은

그의 눈을 통해 나는 봤다
살짝 고개 든 나도풍란을

웃는다 바라보면 황홀한

우리 둘의 마음을
마구 흔들어 놓은 저 난향과 같이

사물에 대해 옳고 그름을 가리려 하지 않는 이

寄瑞一

담장 아래 떨어져 내리는
빗소리

그와 함께 카페
雨에 앉아

그 소리를 보고 듣지 않은 게
얼마나 된 걸까

하루 이틀 사흘 나흘
손꼽아 세어본다

빗소리 저기 저 저
빗방울이 달려오는 소리

귀 기울여 본다

麗山亭

꽃은 그 향기로 인해 옆에 있고

달은 멀리 떠 있어도
은은한 빛으로 인해 가깝게 있으니

저 혼자 빛은 빛대로 향은 향대로
그것들을 그대로 놔둔 뒤

이곳에 앉아 산수를 즐기며
술이나 한 잔 기울일 수 있다면

족하지 않겠소
永植

鐵花白磁

네 안에 담은 빛

바로 앞에 있어도
그 아름다움을 보지 못하고

제대로 느끼지도 못한

그땐 나 자신이 너무도 무지했다
심미안이 없었기에

念井

생각이 꼬리에 꼬리를 길게 물고 늘어져
우물을 파게 됐다

우물을 파다보니
처음엔 굵은 자갈과 황톳물 올라왔으나

끊임없이 우물을 파고 또 파내다보니
맑은 물이 보인다

사람의 생각은 첨엔 흐리지만

사유를 깊고 또 깊게 하며 쉬지 않고 정진하면
우물에 괸 물처럼 정신이 맑아지게 된다

한 우물은 그래서 파게 된다
숭늉 달라고 찾아오는 엉뚱한 인간도 가끔은 있지만

滕王閣

왕발이 올랐다는 등왕각에 올라
장강을 본다

등왕*은 어디로 간 걸까 누대 위에 올랐으나
그는 보이지 않고

단청 고운 기둥들은 빛이 바랜지 이미 오래인데
도도히 흐르는 강물 소리에

주렴 걷고 나와 반갑게 나를 맞을 것만 같은 원영을
강물에 비친 등왕각에서 만났다

그곳에서 행했던 미인의 고운 노래와 춤은 어디에
강가 높이 솟은 누대로

그를 불러내 술잔을 나누고 싶다

* 등왕 : 당고조(唐高祖) 이연(李淵)의 아들 이원영(李元嬰)을 말함.

耳順

눈이 트인 걸까 귓구멍이 뚫린 건지

먼 끈으로 연결 돼 있는 것 같은
시간의 올들이 풀리는 소리

과거에서 현재로 넘나들이 이어진 태엽을

우직하게 되감으면
왁자글 떠들어대는 아이들 발소리

예닐곱에서 십칠 세 이십 팔 구 세
혹 지나간 감속 되지 않는

빠르게 모든 것을 휩쓸고 지나가게 될

속도감이 느껴지는 나이를
귀가 먼저 들었다

툭 투둑 매초 매분마다 매듭이 끊어지는 소리

人生

저는 깊이 생각한 뒤

죽기로 했습니다
아니 살기로 마음을 바꿨습니다

그것은 답이 아니다
그럼 답은 무엇입니까

자네는 인생에 답이 있다고
생각을 하는 건가

삶은 꿈속에서
며칠을 굶은 뒤에 먹게 된 찬밥

아니 끝없는 배고픔과 같은 게 아닐까

心眼

오리 다섯 마리
꽥 꽥 거리며 지나간 뒤

소리가 들린다

비가 듣고 따라와
나뭇잎 위에다 빗방울 흔적을 남겼다

나누운
그 소리 보인다

아니 보이지 않고

들리지도 않는다

葛藤

가운데엔 남편 왼쪽은 먼저 간 첫째 아내와
오른쪽은 둘째 아내가

그곳에 그들은 나란히 누워 있다
살아선 옆에 누울 일이 없던

그랬다 죽어 그들은
사이좋게 뗏장 이불 덮고 누워 있다

이젠 갈등을 끝낸 걸까

春雨

고양이 발바닥처럼
도로를 가뿐가뿐 지나가는

비

내 마음을 쓸고 가는
빗줄기

樂工

젊은이를 찬찬히 살펴보니
그 모습은 바로 나 자신이었다

신라 선덕여왕 때쯤이었을까
아님 가야 시대였는지

모락모락 올라오는 칼국수 김 사이로
어찌 그 얼굴이 어룽거릴까

가얏고를 다시 한 번 뜯어야 하는 걸까
어디선가 해금과 피리 소리도 들린다

가야금 명인을 스승으로 모시겠다며
산천을 주유하던 아주 오래 전 일이다

나는 여전히 명인이 되겠다는
꿈에서 깨지 못한 걸까

天

눈앞에 보이는 사물들은
몸과 마음을 움직이게 하지만

강물 위 새들이 날아가고
또는 바람이 지나간 뒤 풀잎은

저 새떼들 울음소리를 담을 수 있는 걸까
하늘은 측량할 수 없을 정도로

큰 공간이 있나보다
떠나보낸 뒤 그 흔적을 남기지 않는 걸 보면

追憶

황홀하게 빛을 발한
片刻만이라도 있다면

살아 갈 수 있다

행복 꽃 활짝 핀
그 시간에 기대어

지나간 기억만으로도
삶을 살 수 있다

늙게 되면

茶道

손으로 옮겨져 입으로 넘어갈 때까지 시간과 거리
그 거리와 시간 동안

무엇을 보게 하고 깊이 느끼게 할 것인가
차 한 잔을 마실 때도

그 짧은 거리와 시간에서 뭔가를 깨칠 수 있다면
그 순간이

道가 아닐까 생각해 본다 道라고 일컬을 수 있을 때
품격도 생긴다고 할 수 있다

물론 이 사람은 막걸리처럼 대접에 차를 그득하게 담아
벌컥벌컥 마시기도 한다

道와는 무관하게
아니 그게 道일지도 모른다고 생각하며

巨岩

무엇인가를 반드시 손에 쥐겠다는 세상에서

그 반대로 내려놓기에 바쁜
모든 걸 내려놓음으로 인해

빈 공간에 세운 곧은 心志로

아이들을 위한
작은 도서관 설립을 위해 발 벗고 나선

獨有至人을

겨울 평창에서 나는 봤다
함박눈 펑펑 쏟아져 지나온 발자국을 지우는

푸른빛 날로 더하는 금강송 뒤
삼간초옥에서

桃花

뉘 보는 이도 없건만
쉬쉬 하면서

숫처녀 초경처럼 토담 가에
떨어진 분홍 꽃

앞집 총각 가슴과
머리 위에도

사뿐히 내려앉아
꾀송거린다

자신을 봐 달라는 걸까

芳山

그는 그 누구에게도
쉬

詩를 말하지 않았다

動善時

여의치 않은 상황에서도
곧은목성질로 인해

외곬으로만 나가려는 이들을 본 뒤

편벽되지 않으며 치우치지 않고
지나치거나 미치지 못함이 없는

매사에 시의적절 하며
괴이쩍은 행동을 하지 않는 건

어떤 각오 뒤에 오는 걸까
일상 속에서 제자리를 찾아야 한다

움직임에는 늘 때와 장소가 있는 까닭에

八旬

곧 여든이 됩니다

그 세월만큼 시간이 흘렀다는
사실을 인지해야 합니다

늙어가면서 몸이 말하는
징후를 받아들이게 되면

아픔과 노여움이 몰려들어도
삶이 뜻하는 바를 수용할 수 있습니다

그 사실을 겸허히 인정한 뒤
세상을 바라보게 되면

고통에서 벗어나게 됩니다
죽음에 대한 두려움

그 실체조차도

獨坐

보지 않아도 보인다
별이다

별밭이다

들여다보지 않아도 안다
꽃이다

온통 꽃밭이다

이 곳은 별과 함께
꽃이 어우러진 세계

滿開 했다고 할까
허기를 느꼈다

道生一
一生二
二生三
三生萬物

모르겠다
어떻게 풀어야할까

所以示也*라

---

* 所以示也 : 지혜가 있으면 그 이치를 깨달을 수 있다.

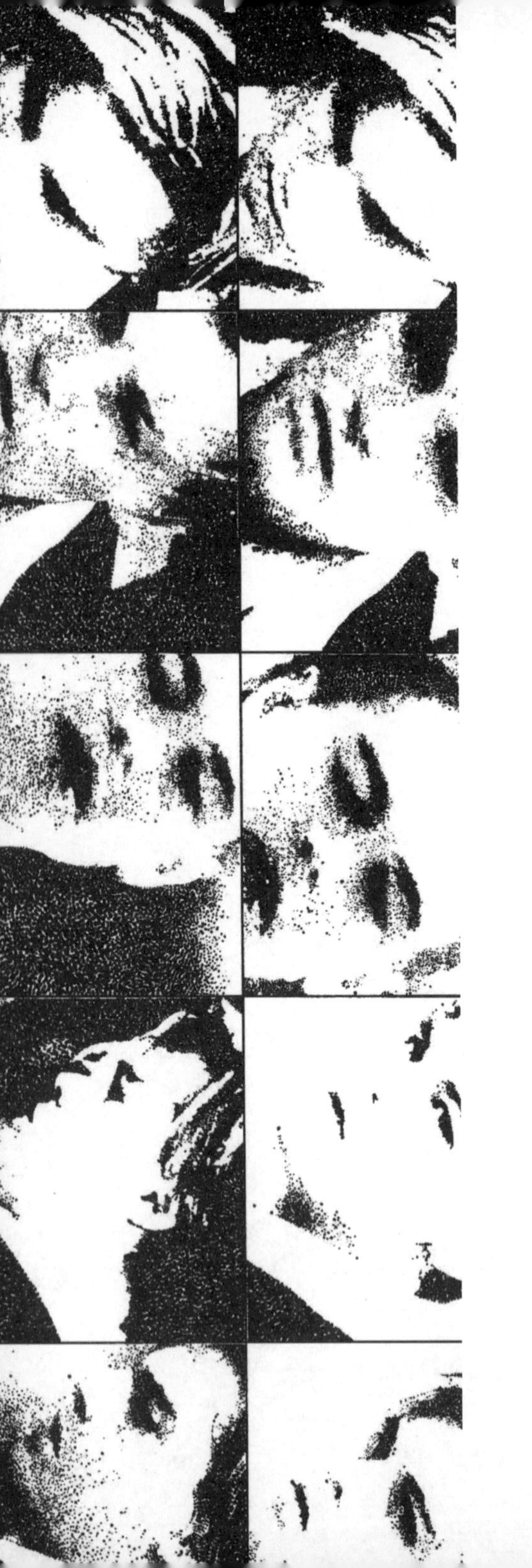

知險

위험은 위험하지 않은 곳에 있다고 누군가 말했다
위험하지 않다고 여기면

그 순간 어느 곳에서든 문제가 발생하나니
그러나 나는 갈망한다

쉽지는 않겠지만
삶이 어렵지만도 않기를

일상생활은 평이하지만 한편으로는 위험을 알아야 한
다는
그 말에 대해

道者盜也란 말이 불쑥 내 안에서 솟아올랐다
천지의 맑은 기운을 몸에다 흡수하려 마음을 굳히니

삼천대천세계가 내게로 쏟아져 들어오고 있다
하늘 향해 고개를 세운 저 해바라기를 통해

大鵬

새를 올려다봤다
아득한 하늘 위 떠 있는

넘을은 자태를 지닌
오랜 시간 기다린 새

그러나 새는
내 안에서 날갯짓 하고 있었다

왜 나는 가슴속에서 퍼덕이던
새를 느끼지 못한 걸까

지금이라도 날아오르기 위해선
새를 끄집어내 날게끔 해야 한다

그래 이제 막 힘차게 비상한
대붕과 함께

구만리장공을 날자.

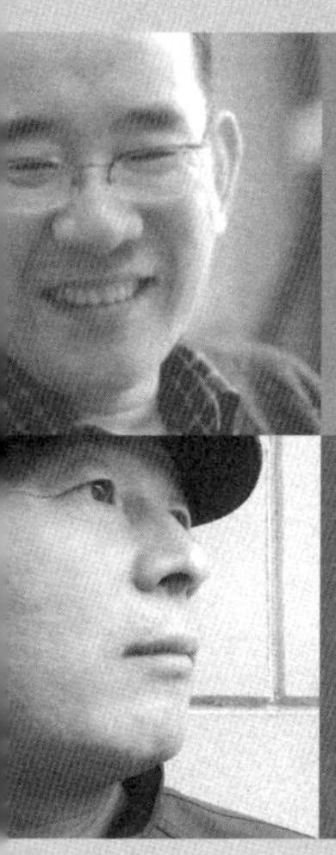

對談

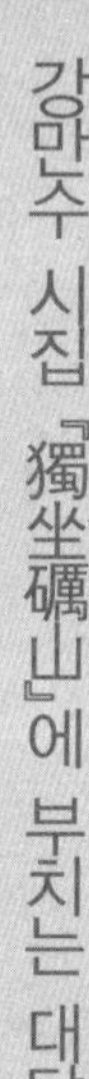

강만수 시집 『獨坐礐山』에 부치는 대담

大悟의 길을 걷는 시인의 눈

강만수/ 고정욱*

　지인인 강만수 시인의 수상소식을 듣자 가장 기뻐한 사람은 아마 나였을 것이다.

　그동안 소소하게 몇 가지 상을 받을 때마다 그는 묵묵히 수상식 자리에 참석해 나의 수상을 축하해주며 끝까지 함께해 주었다. 항상 빚을 진 느낌이었는데, 이번에 드디어 갚게 될 기회가 왔다고 이야기 했더니 그는 웃으면서, '왜 당신만 상을 받아야 돼? 나도 받아야지.' 하면서 시니컬하게 대꾸하지만, 사실 그는 상에 염원이 별로 없는 사람이었다.

　상을 받는 행위는 사회에 종을 치는 행위이다. 나는 자잘하게 몇 번의 종을 쳤으나, 그는 종을 큰 걸 가지고 있음에도 한 번도 두들겨 보지 않아, 그의 종소리가 궁금했는데, 이번에 드디어 한국시문학상을 수상함으로서 종을 울리게 됐다. 그의 종소리가 청아하게 오래도록 멀리 퍼져 나갈지는 두고 볼 일이지만, 일단은 나에게 발등의 불처럼 작가 인터뷰라는 과업이 떨어졌다. 매일 붙어살다시피 했던 그 누구보다도 가까운 그의 인터뷰를 하라는 엄명이 내린 것이다. 잘 아는 사람이 인터뷰를 하는 것이 타당하지만 너무 잘 알기에, 독자의 입장에서 그의 생각을 훑어보는 것은 결코 만만치 않다.

봄바람이 쌀쌀한 어느 날 그와 함께 북한산이 보이는 수유리의 작은 카페에서 마주 앉았다.

고 : 먼저 한국시문학상 수상하신 걸 축하드립니다. 수상
　　소감을 한마디 해주십시오.

강 : 뭐 수상소감이랄 거까지야……. 예기치 않게 상을
　　받게 되어 소감을 생각해보지 못했어요.
　　지금 고 선생께서 물으시니까, 옛날 바퀴를 만들던
　　장인 얘기가 생각이 납니다.
　　오래 전 중국의 귀족들은 마차를 타고 다녔는데, 그
　　들이 바퀴를 만드는 장인을 찾아가서 물었습니다.
　　"바퀴에 나름의 모양을 잡으려면 얼마나 시간이 걸
　　려요?"
　　"15년 정도 만들면 형태 정도는 갖출 수 있을 겁니
　　다."
　　"그럼 살을 채우고, 뼈대를 세우는 데는 얼마나 걸릴
　　까요?"
　　"15년 정도 더 보태야겠지요."
　　"그러면 모든 것을 다 고려한 견고한 바퀴를 만들려
　　면 몇 년 정도 걸린다고 보십니까?"
　　"15~20년 정도 더 적공의 시간이 필요합니다.
　　바퀴 하나를 만드는데도 장인은 50년 정도는 시간
　　과 공을 들여야만 한다고 말했습니다.
　　지금 이 자리에서 바퀴 이야기를 한 것은 시는 언어
　　를 재료로 하는 행위인데, 그 언어를 머릿속에서 굴
　　리고 가슴속에서 숙성시키는데도 오랜 시간이 필요
　　하지 않을까?
　　한 20년 이상은 시를 쓴 뒤에야 그럭저럭 모양이 갖

취진 시를 창작해 낼 수 있지 않을까 해서입니다.

고 : 시를 쓰시는 소회를 토로하셨는데, 그럼 본인은 17
세 소년일 때부터 시인이라고 생각하셨다고 들었습
니다. 간략하게 시인으로서의 길을 어떻게 걷게 됐
는지를 이야기 해주십시오.

강 : 글쎄요, 17~18살 때부터 프랑스의 보들레에르, 랭
보, 말라르메의 시와 미국의 포우와, 휘트먼,
긴즈버그, 로월, 칠레의 시인 네루다 스페인의 로르
카를 읽으면서 시간을 보냈습니다.
10대를 지나면서 20대 초반엔 중국 당나라 때 이백,
두보 이하 백거이, 두목, 등 유명 시인들과 당을 시
기별로 구분해 초당시인, 성당시인, 중당시인, 만당
시인으로 분류해 읽었던 기억이 납니다.
동서양 시인들의 시를 읽으며 그들로부터 삶과 시에
대한 깊은 사유와 호흡을 접하다보니 저절로 시공부
가 됐던 것 같습니다. 그와 함께 우리나라 시인들 정
지용, 김기림, 이상, 김춘수, 백석 오장환 외 여러 시
인들을 가리지 않고 읽었습니다.

고 : 등단한 건 언제죠?

강 : 작품 활동은 80년 혜화문학 동인이며 소설가 임영
태 시인 허재성, 이미경, 이상기, 최명환 등과 함께
했고, 최명환 동인의 급작스런 자살(한강 투신)로 두
권의 작품집을 펴낸 뒤 해산하게 됐습니다.
그 후 92년도에 현대시를 통해 연작시 그날을 발표
하며 실질적인 활동을 했다고 말씀드릴 수 있습니
다.

고 : 그 뒤로 동인 활동을 하게 되었고, 첫 작품집이?

강 : 93년도에 시와시학사에서 펴낸 『 가난한 천사』입니
다.

고 : 『가난한 천사』에 실린 작품들은 지금도 인터넷 여기
저기를 떠돌아다니며 일반 독자들에게 사랑받는다
고 들었는데, 그 뒤로 부등호 동인도 같이 하시지 않
았습니까?

강 : 그랬었죠. 그때 멤버가 오만환, 고정욱, 도경재, 백
순기, 조지언 모두 여섯 명이 함께 했습니다.
동인들은 몇 년 전 사라진 혜화동 언덕 위 카페 무대
에서 만나 진지한 토론 끝에 동인지를 두 권까지 펴
냈던 기억이 납니다.

고 : 첫 시집인 『가난한 천사』로 상당히 인정을 받으면서
야심찬 시세계를 열기 시작했는데, 그 무렵 생활을
위해 직장생활을 하며 퇴근 후 잠을 줄여가며 시집
을 상재하셨던 이야기를 저는 알고 있습니다만 그
뒤로 오랜 시간 침묵하셨습니다. 두 번째 시집이 나
오기 전까지 어떤 어려운 일이 있었던 건 아닌가요?

강 : 그 기간이 십 몇 년 되죠? 첫 시집이 93년이었고 두
번째 시집이『시공장공장장.』(2010, 맑은소리)이었
습니다.
17년 만에 시집을 세상에 내보였는데, 그 기간 동안
시 창작을 하지 않은 건 아니었습니다.
제가 20대 초반부터 마음먹었던 게 하루에 3시간은
시를 쓰고 생각하는 시인이고자 했습니다.

그런 노력에도 불구하고 두 번째 시집이 늦었던 건
제 자신이 생각하고 있는 시에 대한 염결성(廉潔性)
때문이라고 해야 할 것 같습니다.
첫 시집부터 작품들이 영 마음에 차지 않았고, 부족
한 것을 너무 많이 느꼈기 때문에, 사물을 새롭게 인
식 나름 보완한다는 게 17년이란 세월이 흘렀습니
다. 물론 그동안에 문예지를 통해서 여러 작품들을
꾸준히 발표는 했습니다.
그런데 작품집을 묶는 행위는 부족한 나 자신과의
타협을 의미하는 것이어서, 자꾸 미뤄지게 됐습니
다.

고 : 그래서 사실 주변에서 안타까워하고 저 역시 조바심
을 가지고 지켜봤는데, 개인적으로 대한민국에서 가
장 많은 작품을 보유하고 있는 것으로 알고 있습니
다.
두 번째 시집 『시공장공장장』으로 봇물이 터지죠.
그 시를 보면 제목에서 알 수 있습니다만 강 시인이
초기에 실험을 했던 언어의 유희들이 많이 섞여 있
는데, 『시공장공장장』의 집필 의도나 주제를 간략하
게 설명해 주신다면?

강 : 『시공장공장장』에서 내보인 집에 관한 시들은 "예술
은 생명의 나무라고" 말한 윌리엄 블레이크의 말처
럼 생명은 찬란하며 신비롭고 경이로운 것이므로 시
인은 마땅히 그것들을 노래해야 한다고 생각했습니
다. 그런 까닭에 우주를 향해 안테나를 꽂고 보이지
는 않지만, 저 광활함 너머 그 어떤 것들과 소통 교
감하며 무량광명의 세계를 열고 싶었습니다.

그러나 뜻한 대로 시는 오지 않았고 완성도가 떨어
지는 작품들을 정리하지 못하고.
이십 대 중반부터 오십 대 초반까지 오랜 시간 속을
끓이며 쥐고 있었던 것 같습니다.
그러다 더는 미룰 수 없어 오백 여 편의 작품 중에서
91편을 추려 세상에 내놨습니다.
아마 국내외적으로 집에 관한 연작시로 시집을 묶
은 경우는 드문 사례지 않을까 싶습니다.

고 : 『시공장공장장』이후부터는 봇물 터지듯 작품집을
상재하기 시작했는데, 두 번째 세 번째 작품들을 이
야기하기 전에 어떤 계기가 있었습니까?

강 : 2007년 유월 중순쯤부터 집필실에서 오랜 시간 칩
거하며 시를 썼습니다.
시라는 것이 쓰겠다고 해서 장시간 계속해서 마구
써지는 것이 아닙니다.
그러나 그 때의 저는 평균적으로 시를 쓰는 시간이
하루 13~14시간이었습니다.
많이 쓸 때는 18시간씩 밥 먹는 시간 자는 시간을 제
외하고는 미친 듯이 썼습니다.
그 무렵엔 하루에 60편, 70편 셀 수도 없을 정도의
시가 머릿속 창에 떠 있었습니다.
그동안 시를 쓰면서 느끼지 못한 뭐 시를 쓴다는 표
현보다는 수많은 시들을 커다란 바구니에 주워 담
는다는 표현이 맞는 것 같습니다. 시마(詩魔)를 그런
식으로 겪은 것 같아요.
그 무렵이 『시공장공장장』을 펴내기 전이었고요, 무
리를 했는지 몸에도 문제가 왔고, 병을 앓게 돼 대학

병원에서 입원 치료를 받았습니다. 그 뒤 2년 정도 정양을 했습니다.

죽기 전에 폭풍처럼 뭔가 쏟아진다고 하더니. 아마 제가 그걸 경험한 게 아닌가 싶습니다.

고 : 사실 시인들이 너무 시 창작에 몰두하다가 신병을 얻는 경우가 많은데 강시인도 예외는 아니었군요.
저도 고생했던 걸 지켜본 사람으로서 안타까웠는데 다행히 무사히 완쾌가 되었습니다. 그 대신 엄청난 양의 시를 확보하는 계기가 되면서, 여러 차원을 도약하는 시인으로서의 모멘텀이 되지 않았나 싶습니다.
그 다음에 발표하는 작품집이 『기이한 꽃』이죠?

강 : 『시공장공장장』(2010,4월, 맑은소리) 출판사에 이어 『기이한 꽃』 (,2010,11월, 동반인)출판사에서 그해 가을 111편을 묶어 한 해에 두 권의 작품집을 펴냈습니다.

고 : 그 작품들을 어떻게 설명할 수 있을까요? 탐미주의적인 작품들이 대부분인 걸로 알고 있는데, 일단 뭐 우울하다고 할까요. 무겁다고 할까요. 제가 개인적으로 강 시인이 너무 꽃이라든가 나무라든가 풀 등 자연친화적인 작품들을 많이 쓰기에 리얼리스트 입장에서 지겹다고 말했더니 그 시편들을 모두 뺀 기억이 나는데…….

강 : 독자의 내면 깊은 곳에서 비판이나 다르게 보는 감정의 울림을 끄집어내지 못한다면 그것은 실패한 작

품이라고 저는 평소 생각하고 있습니다.

 그런 까닭에 그동안 행한 것과는 다른 방법으로 다르게 접근 다른 눈으로 바라본 사물을 여러 빛깔의 언어로 표현하기 위해 노력했습니다.

 '꽃밭에서 기이한 꽃을 본 경험은 그에게서 시인의 눈을 개안 시킨 사실을 일깨워 준다.'고 해설을 쓴 소설가 윤후명 선생은 상찬(賞讚)을 하기도 했습니다만. 3번째 시집인 『기이한 꽃』이 읽는 이들 가슴에 각기 어떤 느낌과 울림을 주었는지는 조금 더 두고 봐야 할 것 같고요.

 그 무렵 답답했던 건 툭 터져 무엇인가를 토해낼 것 같았는데 목에 걸려서 뱉어내지 못하는 느낌이랄까,

 아무튼 제 시 작업은 현재 진행형이라고 보기 때문에 부족함을 메우는데 시간이 더 걸리지 않을까 싶습니다.

고 : 그 다음이 화제가 됐던 4번째 시집이고 일본에서 사회 문제가 되었던 『무연사회』(2011, 7월, 황금두뇌)가 있지요. 그 작품은 어떤 작품인가요?

강 : 『무연사회』는 책 제목에서 암시하듯이 그야말로 연고가 없는 사회가 시작된다는 뜻입니다. 우리보다 산업화에 먼저 성공한 일본에서 시작되긴 했습니다만, 우리나라도 가족 구성원이 핵가족화하면서 빠르게 혼자 사는 남녀와 노인이 급격하게 늘어나는 걸 볼 수 있습니다. 그런 분들의 삶과 그로 인해 발생하게 되는 무거운 사회문제에 대해서 살펴봤습니다. 아마 30년 정도 시간을 미리 당겨서 본 결과라고 할까요? 그렇게 미래를 미리 짐작해서 본 예지적인 시

편들이라고 봐 주시면 될 것 같습니다.

고 : 일본에서도 비슷한 책이 나와서 함께 관심을 가졌던
기억이 나고요. 아마 시대를 앞서보는 통찰력이 있
기에 가능하지 않았나 싶습니다. 5번째 작품집인 자
본주의의 폐해를 다룬 시집 『C-1:99』(2012, 6, 황금
두뇌)에 대해서 설명해주십시오.

강 : 시인이란 과거에도 그랬지만 현재 역시 언어의 채무
자라고 생각하기에, 언어에 대한 빚을 해결하기 위
해 부단히 노력해야 한다고 생각합니다.
그와 함께 사람에 대한 따뜻한 응시랄까 소수자에
대한 관심을 가져야 한다고 생각합니다.
제 문학에 대한 철학이라고 내세울 건 없지만 저는
작품을 구상할 때 염두에 두는 것이 있습니다.
첫째 사회의 어두운 곳을 볼 수 있는 시,
둘째 그늘진 곳을 환한 빛으로 드러나게 할 수 있는시,
셋째 그로 인해 많은 사람들이 위안을 받고 행복함
을 공유할 수 있는 시.
그런 작품을 쓰고 싶다는 게 평소의 생각이었습니
다. 그렇다보니까 『C-1:99』를 쓰면서 IMF 위기 이
후에, 초유의 경제위기를 겪고 있는, 전 세계적으로
너나 할 것 없이 어려운 사람들에게 조금이라도 위
안이 될 그 어떤 무언가가 없을까 고민했습니다.
그 결과 서민들 입장에서 그들의 감성과 언어를 시
로 노래해야겠다는 생각에 순식간에 106편의 작품
을 내리 썼습니다.

고 : 신자유주의, 있는 자는 더 부자가 되고 없는 자는 더

가난해지는 자본주의의 모순을 혜안을 가지고 본 작
품집이었습니다. 사실은 어렵지 않느냐는 평가를 받
았고, 아직 문단에서 그런 신자유주의의 폐해라든가
자본주의의 모순이라는 것을 이해하는 이해도가 부
족해서 작품의 반향이나 이런 것은 좀 약했던 것으
로 생각합니다.
아마 추후에 모순이 심화되면 재조명받지 않을까 생
각해서 안타깝고요.
그 다음으로 우리 강시인은 특이하게도 동시집과 그
림책을 발간했어요. 어떤 계기였나요?

강 : 제 딸 소나와 아들 동훈이가 어렸을 때 옆에서 책도
읽어주고 놀아줬어야 했습니다.
그러나 그러지 못해 늘 미안한 마음이었습니다. 제
아이들은 이미 다 컸지만 그런 연유로 내 아이가 아
닌 다른 아이들에게라도 동시를 읽게 해줬으면 좋겠
다는 마음에 동시집을 생각하게 됐습니다. 그리고
저와 자주 만나는 청강 선생이 유명한 동화작가기도
합니다(웃음).
그의 영향을 아예 안 받았다고 말은 못하죠. 그래서
그해(2011) 여름 두 달 동안 비지땀을 흘리면서 90
여 편의 동시를 써내게 됐고. 그 중에서 55편을 추려
『구두쇠 아빠』(연인출판사, 2012.2)라는 제목으로
펴내게 되었습니다.

고: 그럼 그림책은 어떻게 펴내게 되었나요?

강 : 『사라진 벌들을 찾아 나선 꿀벌구조대』(2012,4, 황
금두뇌〉는 생태적인 측면에서 경고를 한 그림동화

라고 볼 수 있는데요.

꿀벌 이야기를 통해 벌이 사라지고 있는 이유와 환경과 자연의 소중함을 알리기 위해 쓴 책입니다.

이 작품은 잃어버린 동료를 구출하는 구조대 대장 키추의 활약을 꿀벌의 시각에서 그렸습니다.

친구 벌들을 구해내면서 지구환경이 크게 망가지고 있다는 걸 어린이들에게 널리 알리기 위해 애썼고요.

또한 아동극 대본을 수록 어린이들이 작은 무대 위에서 실제 연기를 펼칠 수 있게끔 하였습니다.

어린이들 모두가 이 작품을 읽고서 자연의 귀함을 깨달아 환경지킴이로 자랐으면 하는 마음입니다.

고 : 시인으로서 외연을 넓히는 건 중요하다고 보고요. 앞으로 기회가 닿으면 동시집이나 그림책을 많이 내주셔서 이 땅의 동심에 좋은 영향을 미쳤으면 좋겠다는 바람이 있습니다. 최근 시집이 『매니큐어』죠. 어떤 작품집인가요?

강 : 『매니큐어』(2013. 1, 맑은소리)는 104편 3부로 나뉜 그동안에 썼던 것과는 다른 시들이라고 얘기할 수 있겠습니다.

앞에 펴낸 시집들은 무겁게 느껴지는데, 이번 작품들은 가볍지는 않지만 그렇다고 무거운 작품도 아닙니다.

시집 『매니큐어』에서는 여자들을 바라보는 눈길에 극기와 팽팽한 긴장을 담아 여심을 다뤘습니다.

여권이 신장 되고 대통령도 여성이 당선되는 작금의 현실입니다. 또한 시집 속에서 여성이 지대한 영향

력을 행사하는 사회분위기에 주목했습니다. 예컨대
남성과 여성의 차이점을 규정하는 행동과 성격 등은
무엇인지 태생적으로 서로 다른 남자와 여자가 함께
섞여 살아가야 하는 이유에 대해 많은 이야기를 하
려고 했습니다.
이 시집은 여자에 관한 집요한 관찰, 그런 기록이라
고 얘기할 수 있을 것 같습니다.
이런 이유로 시집 『매니큐어』는 나름 앞을 보고 시
대상을 읽지 않았나, 그런 생각도 해봅니다.

고 : 우선 문학사적인 개인의 이력을 점검해 봤는데요.
다양한 문학세계로 한번 펴낸 비슷한 소재로는 시집
을
다시 내지 않겠다는 신념을 갖고 집필 하시는 분 같
습니다.
앞으로 시 창작을 하거나 강 시인의 시를 보면서 시
의 꿈을 키우는 사람이 있다면 어떤 조언을 해주고
싶으신지요?

강 : 글쎄, 시를 쓰겠다고 하는 사람은 쉼 없이 여러 분야
의 책을 읽어야 하고 경험도 많이 쌓아야 하기에 시
에 왕도는 없다고 생각합니다. 시의 길은 멀고도 험
하기에 시를 창작하는 것보다 좋은 시를 읽을 수 있
는 독자의 길을 걷는 게 좋을 것 같습니다. 그럼에도
불구하고 시 창작 행위를 끝까지 포기하지 않겠다면
말릴 생각은 없습니다. 자신이 선택한 행위에 대해
어려움을 견뎌내면서 시의 험산을 넘는다면 그것 또
한 나쁘지 않다고 생각하기 때문입니다.

고 : 앞으로 종이책이 사라지는 시대가 오리라 판단되기
때문에 시집을 최대한 빨리 펴내겠다고 하셨는데,
본인의 각오는 어떻습니까?

강 : 저는 우선 단기간 내에 시집 열권을 펴내겠다는 생
각 아래 여섯 번째를 펴냈고요.
지금 일곱 번째 시집 준비 중입니다. 그 시집은 동양
적인 사유 체계의 근간인 노장과 유교 그리고 불교
의 핵심 사상을 소재로 다루려고 합니다.
그리고 여덟 번째 시집은 시간에 관한 명상이라고
할까요, 미래 언어 속에서 퍼낼 수 있는 詩의 무게는
얼마나 될까? 앞으로 우리 앞에 다가서게 될 언어 속
영혼의 결너비는 어떤 느낌일까를 소재로 동시에 준
비 중 입니다.
물론 그 시집들을 제대로 짓기 위해서는 좋은 집터
와 목재 목수 등 여러 요건을 갖춰야만 합니다.
그런 연유로 제 시의 완성은 제가 죽기 30분 전까지,
내 안의 말을 뛰어넘기 위해 도움닫기를 시도하는
것, 30분은 너무 했나요?
그럼 3시간 전 정도까지 걷고 또는 뛰어 나가는 몸
짓이 제 마지막 시라고 말씀을 드리고 싶습니다.

고 : 어떤 순간에도 시에 대한 긴장을 놓지 않겠다는 각
오라고 보면 될 것 같군요. 치열하게 시인의 삶을 살
고 있는 강 시인을 많은 사람들이 기억했으면 좋겠
다는 생각이 들고요. 현대 사회는 시인으로서 사는
건 정말 어렵습니다. 문학도 그렇고 다른 직장인도
마찬가지겠지만, 중요한 것은 시인이나 소설가, 회
사원의 삶을 사는 것이 중요한 것이 아니라, 그 주변

에서 쏟아져 들어오는 온갖 어려움으로 인해 자신의 꿈을 포기할 수밖에 없는 압박들을 이겨내는 게 중요하다고 봅니다.

지치지 않고 시집을 준비하고 있는 강만수 시인의 한국시문학상 수상에 축하를 보내며, 오히려 늦은 감이 없지 않나 생각합니다.

앞으로도 건필 하셔서 후학들이나 선배들에게 귀감이 되는 시인이 됐으면 좋겠다는 생각을 하면서 장시간에 걸친 인터뷰를 마치겠습니다. 감사합니다.

강 : 수고하셨습니다.

✱ 강만수 시인과 대담을 한 고정욱은 성균관 대학교 국문과와 대학원을 졸업한 문학박사이다.
1992년 문화일보 신춘문예에 단편소설 「선험」이 당선 되어 작가가 되었고, 역사소설 「원균」과 「세종로 1번지」 「사대부」 외에 220여 권의 소설과 동화 등을 발간했다.
최근에는 장애인을 소재로 한 동화를 많이 발표했다.
「아주 특별한 우리 형」 「안내견 탄실이」 「네 손가락의 피아니스트」가 그 대표적인 작품이다.
특히 「가방 들어주는 아이는」 MBC 느낌표의 '책책책, 책을 읽읍시다' 에 선정 도서가 되기도 했다.
우리나라 최정상급 작가인 그의 책들은 어린이와 어른의 꾸준한 사랑을 받아 300만부 가까이 판매된 기록을 갖고 있다.

인지

초판 인쇄 ┃ 2013년 10월 10일
초판 발행 ┃ 2013년 10월 15일
지은이 ┃ 강만수
펴낸곳 ┃ 황금두뇌
펴낸이 ┃ 이은숙
주소 ┃ 서울시 강북구 수유동 461-12
전화 ┃ 02)987-4572
팩스 ┃ 02)987-4573
등록 ┃ 99. 12. 3 제 9-00063호

ISBN 978-89-93162-28-8 03810

• 잘못된 책은 구입한 곳에서 바꾸어 드립니다.
• 값은 뒤표지에 있습니다.